A MONSIEUR DE BAURE.

Ne faut savoir dans l'art trop difficile
Décrire en vers et de polir son style,
Qui de nous deux sera le plus habile ;
Ne brillerois dans un pareil concours.
A cet assaut je me sens inhabile,
Contre un guerrier qui triompha toujours.
Non, non ; je tends vers un but plus utile ;
En vous je cherche et je trouve un secours :
Point ne veux être écolier indocile,
Trop bien savez varier tous vos tours.
Je n'en ai qu'un pour rendre mon discours ;
Je n'en ai qu'un, et vous en avez mille.

Ah ! si j'avois cette veine facile
Qu'on peut en vous admirer chaque jour ;
Si je savois d'un esprit moins débile

M'approprier du grand peintre d'Achille,
Et le langage et le riche trésor;
Si comme vous je connaissois Virgile,
Si je sentois tout le prix de son or,
Si j'étois docte aux vers du tendre Ovide,
D'Horace, Perse et Juvenal encor,
Lors écoutant un plus noble transport
J'agiterois une aîle moins timide
Et tenterois un généreux essor.

Mais cette folle et téméraire audace
Dans mon esprit est loin de trouver place.
Jeune et novice au talent de rimer,
A peine encor suivant le seul Horace,
En chancelant je m'essaye à marcher
Et sur ses pas vous me voyez broncher.
Ah! j'espérois que d'un plus doux visage
Vous souririez à mes premiers essais;
Trop de critique arrête les progrès,
Effraye, éteint et flétrit le courage :
Oui, l'indulgence est plus sûre et plus sage;
Mieux elle mène à de nouveaux succès.

v, 36.

ÉPITRE

A M. DE PÉBORDE,

CI-DEVANT SYNDIC DES ÉTATS DE BÉARN.

ÉPITRE

A M. DE PÉBORDE,

CI-DEVANT SYNDIC DES ÉTATS DE BÉARN,

*par M.ᵣ de D****.*

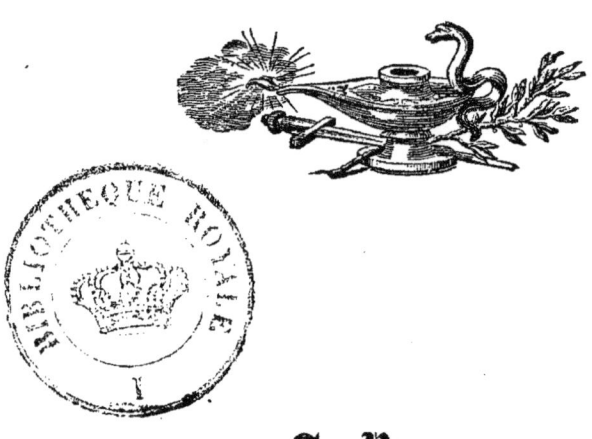

A Pau,

É. VIGNANCOUR, IMPRIMEUR-LIBRAIRE.

—

1836.

AVANT-PROPOS.

C'est à une des époques les plus désastreuses de la Révolution que j'adressai cette Épître à feu M. de Péborde. Elle n'étoit pas telle que je la fais imprimer aujourd'hui. Elle se ressentoit de l'incertitude et de la foiblesse d'un premier essai. Mais dès-lors des critiques judicieux me faisoient espérer, que si elle devenoit publique, l'épisode qui concerne M.me de Laussat en assurait le succès. Cet épisode excepté, j'ai refondu l'Épître en entier, et je l'ai travaillée avec autant de soin que si je pouvois prétendre encore à toucher le cœur et à contenter le goût de l'homme rare à qui elle est adressée.

Feu M. de Baure dans un ouvrage inédit a fait de M. de Péborde le portrait que je me plais à retracer ici :

« L'un des syndics a surtout une présence d'esprit que
» rien n'altère. Calme et froid au milieu des discussions
» les plus orageuses, il dirige à son gré les opinions,
» ramène ceux qui s'égarent, et lasse l'envie parce qu'elle

» le trouve irrépréhensible dans ses actions comme dans
» ses paroles. Le caractère de son talent est une grande
» facilité de travail, de l'ordre dans ses conceptions, et
» une grande justesse d'esprit; de la circonspection dans
» la manière de présenter ses idées, de la promptitude à
» saisir celles des autres, et l'air de n'agir que par
» réflexion, même lorsqu'il se laisse entraîner par un
» premier mouvement. » Si l'on ajoute à ces traits ceux
qui appartiennent à l'homme privé, la bonté, la simplicité et une égalité d'âme que rien ne pouvoit troubler, on
aura sans doute le portrait d'un de ces hommes rares,
comme je l'ai dit, appelé à gouverner les autres, et dont
on s'honore de reconnoître et d'apprécier la supériorité.

C'est pour les amis de M. de Péborde qui existent
encore que j'ai écrit cette préface. J'espère que ce motif
la fera paroître excusable. J'avoue d'ailleurs qu'un ouvrage
si court n'en demandoit pas. Mais pourquoi dissimulerois-
je un autre motif qui me porte à publier cette Epitre?
C'est l'espérance de ramener quelques idées que je crois
éminemment utiles et dont la vérité m'a pénétré. Un rap-
prochement qui m'a extrêmement frappé pendant mon
travail est celui des épitres de Sénèque et de l'Imitation
de J. C. Qu'on ne s'effarouche pas, je n'entreprends pas
ce parallèle. J'invite seulement le lecteur à le faire. Qu'on
lise sans prévention, de bonne foi, et qu'on me dise qui
a travaillé le plus efficacement au bonheur des hommes, ou
du Philosophe si justement célèbre et qui a souhaité de le

devenir, ou du religieux modeste qui a voulu qu'on ignorât son nom. N'allons pas plus loin. Reprenons Tacite et Sénèque, essayons de leur faire parler leur langage. Les principales idées du commencement appartiennent à Tacite, la suite est de Sénèque.

Un vers de cette épître pourroit paroître prophétique ; c'est celui-ci :

Soit qu'un destin fatal vienne borner tes jours ;

bien des personnes ignorent aujourd'hui la manière fatale dont le Béarn a été privé de M. de Péborde. Il fut accablé par un éboulement de terre, dans une fontaine qu'il faisoit creuser, au bout du jardin de sa maison de Cardesse. Il y étoit descendu pour préserver ses ouvriers de cet accident et les avoit fait sortir avant lui. Tirez-moi d'ici, je suis mort, il finissoit à peine ces paroles, qu'un second éboulement l'acheva. Il nous a été enlevé à 62 ans, dans la pleine force de sa santé et de ses talents.

Supremæ clarorum virorum necessitates , ipsa necessitas fortiter tolerata, et laudatis antiquorum mortibus, SUBLIMIORES *exitus.*

Les dernières extrémités des hommes célèbres. Cette extrémité elle-même supportée avec constance, et des morts supérieures à celles que l'antiquité a vantées comme les plus glorieuses.

TACITE, histoire , pag. 2.

ÉPITRE

A M. DE PÉBORDE,

CI-DEVANT SYNDIC DES ÉTATS DE BÉARN.

CONSOLATIONS DANS LE MALHEUR.

ARGUMENT.

L'Auteur sent redoubler le sentiment de ses peines en apprenant celles de son Ami ; il tourne ses regards vers cette multitude de malheureux que la Révolution a faits dans tous les rangs de la société et qui ont soutenu leur sort avec courage ; il expose quelques idées des stoïciens ; leur portrait. Il propose pour exemple à son Ami son Ami lui-même. La seule différence des principes fait voir que les consolations qu'offre la Religion aux infortunés sont plus puissantes que celles de la Philosophie. — Tableau de la mort de Louis XVI présentée comme supérieure à celles des plus grands hommes de l'antiquité.

Tu n'es donc pas exempt de cette loi commune
Qui soumet le mérite aux traits de la fortune,
Péborde, dans l'exil où je suis retenu,

v. 3.

Le bruit de ton malheur jusqu'à moi parvenu,

Aggravant mon destin désormais trop pénible,

A sous ce nouveau coup brisé mon cœur sensible.

Mais bientôt excitant mes timides esprits,

Plus tranquille, et tournant des regards moins aigris

Vers les événemens de notre grand naufrage,

J'ai cherché ces héros, qui calmes dans l'orage,

Ont su, gardant sans tache une constante foi,

De la nécessité subir la dure loi.

Leur exemple m'instruit, me console, me touche.

Oui, parmi les excès de ce peuple farouche,

Le siècle peut encor citer quelque vertu.

Plus d'un sage a long-temps, quoiqu'en vain, combattu.

Si les Catilina trouvèrent des complices,

Plus d'un Caton aussi tonna contre les vices,

Opposa ses vertus à la perversité,

Et défendit des lois l'antique intégrité.

Des mères ont suivi leurs enfants dans leur fuite,

Des mères l'ont osé, l'épouse les imite,

Et quittant ses amis et le sort le plus doux,

Dans un exil lointain va chercher son époux.

L'amitié se fait voir et constante et fidèle.

v. 25.

Et jusqu'à l'héroisme élevés par leur zèle,

Des valets pour leurs maître ont bravé les tourments,

Et d'un or corrupteur dédaigné les présents.

Un père....., c'est ici ton triomphe, ô nature!

Muse, redis son nom à la race future;

Que Loiseroelle ici justement célébré,

Soit des fils vertueux à jamais révéré.

On appeloit son fils, le père se présente;

Un licteur proclamait une liste effrayante

D'infortunés traduits au tribunal de sang

Qui confondoit et l'âge et le sexe et le rang,

Les enveloppoit tous dans la même sentence,

Et toujours à la mort envoyoit l'innocence.

Le père adroitement se fait interroger,

D'une tête chérie écarte le danger,

Et poussant jusqu'au bout sa généreuse envie,

Meurt, et donne à son fils une seconde vie.

Enfin les descendants de nos antiques preux

Que leur foi, que l'honneur a rendus si fameux,

Dévoués et constants, ont marché sur leur trace,

D'une vertu nouvelle ont ennobli leur race,

Et par leur mort sanglante éternisé leurs noms.

v. 47.

Pareils à ces Romains victimes des Nérons,
Dans Rome vertueuse ils auroient eu des temples.

Péborde, à la vertu par ces nobles exemples
Elevons notre esprit, ranimons notre cœur.
L'honneur tu le sais bien, le véritable honneur
Oppose aux coups du sort un courage inflexible,
Ce n'est qu'au malheureux qu'il se montre sensible;
Pour lui seul il consent à ployer sa fierté.
Le malheur est pour l'homme une nécessité.
En tout temps, en tout lieu, pour tout sexe, à tout âge,
Le malheur des humains est le triste apanage;
Il faut vaincre sans cesse et combattre toujours;
Soit qu'un destin fatal vienne borner tes jours,
Ou que la parque au loin portant tes destinées,
Ait réservé pour toi de plus longues années.
Mais l'homme toujours foible et toujours éprouvé,
De tout secours encor restera-t-il privé?
Non sans doute, et d'abord dans le malheur extrême,
Pour ton premier appui s'offre le malheur même;
Apprends à t'y soumettre, et t'exerce à souffrir.
Si ton courage aux maux peut enfin s'aguerrir,

v. 63.

Ton cœur mieux affermi, n'a plus rien qui l'opprime.

Et ne t'ai-je pas vu d'une âme magnanime
Résister sans foiblesse aux plus douloureux coups?
D'éprouver la vertu le sort toujours jaloux,
Te frappoit de l'exil et menaçoit ta vie;
Des soldats t'arrachoient à ta triste patrie.
Leur troupe paroissoit et pressoit ton départ,
Mille bruits allarmans couroient de toute part,
Chacun pleuroit un fils, un père, une famille;
En ce même moment se présente ta fille.
Ses larmes ajoutoient encor à sa beauté.
Dans mon saisissement, interdit, agité,
Une seconde fois j'éprouvai la magie
De ce tableau fameux que créoit le génie,
Quand Le Brun de son art épuisant les secrets,
Et traçant de sa main les plus sublimes traits,
Offroit aux yeux surpris Lavalière éplorée,
D'un monarque léger quelque temps adorée,
Et rapportant à Dieu désormais son appui,
Ce cœur tendre et constant qui n'étoit dû qu'à lui.
Telle et plus belle encore elle versoit des larmes;

v. 89.

Sa douleur dans ton sein fit passer les allarmes;

Ta fille dans tes bras épanchoit ses regrets,

Et te disoit adieu, peut-être pour jamais.

A de si rudes coups, j'observai ta constance.

Mes yeux furent témoins de ta persévérance;

Ton cœur de cet effort ne fut point accablé,

Et je te vis sensible et non pas ébranlé.

Le plus fier eut suivi sa trop juste tendresse,

Et sans honte d'un père avoué la foiblesse,

D'un œil plus pénétrant tu prévis ton destin,

Tu craignis l'avenir, quoiqu'encore incertain,

Et ton âme à le vaincre exerçoit sa constance.

Tu recueillis bientôt le prix de ta prudence.

Bientôt les factieux poursuivent leur effort.

Bientôt par leurs décrets précurseurs de la mort,

Ils portent la terreur au cœur le moins timide,

Et l'espérance au loin a fui d'un vol rapide.

Mais Péborde aux revers prompt à t'accoutumer,

D'un œil tranquille et froid tu vis sans t'allarmer,

Et ces législateurs de dépouilles avides,

Et leurs rapports trompeurs et leurs lois homicides,

La France en un moment couverte d'échafauds,

Partout les gens de bien sous le fer des bourreaux,

Et la mort d'un ami (*) frappé presque à ta vue.

Son malheur de ton sort te présageoit l'issue,

Ton nom de trop d'éclat se trouvoit revêtu ;

On craignoit les talents et surtout la vertu.

Jusqu'ici j'ai dépeint le courage héroïque

Résultat imposant du principe stoïque.

Le sage de Zénon vit et respire en toi,

C'est toi-même, et toujours tu reconnus sa loi.

Comme toi, cher ami, je lui rendis hommage.

Ce front toujours serein au milieu de l'orage,

Ce sang froid étonnant, cette intrépidité,

Ce mépris des douleurs et de la volupté,

Ce puissant intérêt pour l'humaine misère,

Ces soins compatissants sous un front si sévère,

De ces cœurs enflammés la noble ambition,

Antonin, Marc-Aurèle, entrainoient ma raison.

Cependant dans le fonds de mon âme inquiète,

Je portois constamment une peine secrète.

(*) M. de Lalanne, conseiller au parlement de Pau.

v. 130.

Non, non, mon cœur n'est pas pleinement satisfait,

Disois-je, tant d'efforts sont-ils donc sans objet?

Ah! s'il faut sur la mort enfin fixer la vue,

De nos songes s'il faut considérer l'issue,

Si c'est là que paroit le vrai secret du cœur,

Le plus sublime effort d'un vain et faux honneur,

On l'apprend dans Sénèque, est de s'oter la vie:

Voilà le terme offert par leur philosophie.

Impérieuse et dure, elle donne au devoir

Pour principe l'orgueil, pour fin le désespoir;

Je vois dans son sang froid l'audace fastueuse,

Son courage est barbare et sa fin est honteuse.

Le plus grand des Romains n'a-t-il pas en mourant

De leur fausse vertu proclamé le néant?

Vain fantôme! dit-il, ah! je t'ai trop servie.

Il ne voyoit donc rien au-delà de la vie?

Quoi! dans cette doctrine un aveugle destin,

Au crime, à l'équité garde la même fin!

Ah! plutôt des vertus cherchant la récompense,

Jusqu'à l'éternité portons notre espérance.

Péborde, cher ami, quittons les stoiciens,

Et plaçons notre espoir dans la loi des chrétiens.

v. 152.

O Louis! ô mon Roi! la divine promesse
Seule a pu de ton cœnr soutenir la détresse,
Mais fort d'un tel appui, c'est dans l'adversité
Qu'on voit de ta vertu toute la majesté.
Et parmi les bourreaux ton cœur pur et fidèle
Du juste inébranlable a tracé le modèle.
O Socrate! ô Brutus, ô vertueux Caton!
Austère Cassius! et toi sensible Othon!
Décius! pardonnez, ô héros magnanimes!
Si j'ose, admirateur de vos vertus sublimes,
Détourner un encens que je n'offrais qu'à vous ;
Mon Maître infortuné vous a surpassé tous.
De ses derniers momens la peinture sensible,
Va nous en exposer une preuve invincible.

Ce Prince vertueux, que l'on vit à la fois
Et le plus malheureux et le meilleur des Rois,
Quinze ans de ses sujets fut le plus tendre père.
Il ne leur fit jamais redouter sa colère.
Hélas! écoutant trop sa facile bonté,
Dans le cœur le plus droit trouvant sa sûreté,
Jugeant d'après ce cœur que tout homme est fidèle,

v. 173.

Pressé par son amour, entraîné par son zèle,

Il veut à pleines mains répandre sa faveur;

Il veut que ses sujets ordonnent leur bonheur;

Il consent à borner les droits de sa couronne,

Et de leurs députés sans crainte il s'environne.

Comment de ces ingrats raconter la fureur?

Comment de leurs forfaits te retracer l'horreur?

A peine rassemblés, leur sacrilège envie

De ces coups dès long-temps préparoit la furie;

De soixante-six Rois glorieux successeur,

Il est par ces brigands traité d'usurpateur.

A ce premier forfait succède la menace.

Leur effort impuni voit croître leur audace.

Le trône est investi, les gardes massacrés.

Leur sang a du Palais inondé les degrés.

Sur de longs fers aigus leurs têtes sont levées,

Du crime triomphant, détestables trophées;

Le Roi, le Roi lui-même et sa femme et son fils

Sont trainés au milieu d'épouvantables cris.

O sinistre conseil! Evénement funeste!

Une étroite prison est tout ce qui lui reste,

Et la mort imminente est son moindre tourment.

v. 195.

Plus heureux mille fois, si du premier moment
Son barbare ennemi satisfaisant sa rage,
Au trône sur son corps se fut fait un passage;
Du moins il eut plutôt terminé ses douleurs.
Mais le Ciel le gardoit à de plus grands malheurs.
De l'opprobre il devoit boire jusqu'à la lie,
Mourir dans les langueurs d'une longue agonie,
Jusqu'au bout soutenir le plus terrible assaut,
Et né dans les grandeurs, périr sur l'échafaud.
Noble image du Christ descendu sur la terre
Pour désarmer de Dieu la justice sévère,
Il offre comme lui son sang pour ses bourreaux;
Il voudroit sur lui seul rassembler tous les maux;
Humble, doux, patient, sans regret, sans colère,
Il meurt, ses derniers mots sont le pardon d'un père,
Envers des furieux qui l'ont assassiné,
Pour de lâches enfants qui l'ont abandonné,
Pour des ingrats....., mais non, de l'affreux sacrifice,
Ah! crois que tout François est loin d'être complice.
Divisés, enchaînés par un destin fatal,
Peut-être des milliers n'attendoient qu'un signal.
Ah! oui! mon cœur m'en est garant sûr et fidèle.

v. 217.

Plus d'un consulta moins ses forces que son zèle.

S'il eut pu..... Mais le Ciel en avoit ordonné.

Mais que dis-je? Et pourquoi sur ce ton consterné....

Dans le cœur d'un chrétien, ô douleur insensée!

Au-delà de ce monde élève ta pensée,

Sur ce vil échafaud la foi montre à tes yeux,

Le fils de saint Louis s'élevant vers les Cieux.

Cher ami, ce tableau de Royale constance,

Je l'offre pour modèle à ta persévérance.

Ses effets même encor à nous viennent s'offrir.

Le Roi comme chrétien sût souffrir et mourir.

Aux martyrs de ce temps il transmit son exemple,

D'un saint zèle animé chacun d'eux le contemple;

Dans son chef déjà mort invoque son appui,

Monte au même échafaud, et finit comme lui.

Mais l'homme seul n'a pas un si noble courage,

Du divin Rédempteur je reconnois l'ouvrage;

La loi que nous donna la céleste bonté,

Affermissant nos cœurs contre l'adversité,

Adoucit au mortel qui sur elle s'appuie,

Et l'horreur de la mort, et les maux de la vie.

v. 238.

F I N.

RÉPONSE DE M. DE PÉBORDE,
QUI N'AVOIT JAMAIS FAIT DE VERS.

Rectius vives.
HORACE, ode 10, liv. 2.

Ah ! laisse calmer cet orage ,

Éole tourmente les mers ;

Garde-toi de faire naufrage

Dans leurs abîmes entr'ouverts,

Ou sur les écueils découverts

De notre dangereux rivage.

Jamais ton sein n'a palpité

De l'ardente soif des richesses ,

Tu connois de l'obscurité

Les délices enchanteresses,

Et le sort ne t'a rien ôté

Si dans ses rigueurs il te laisse ,

Pour compagne de ta sagesse ,

L'heureuse médiocrité.

Vois des Alpes l'orgueilleux faîte

v. 15.

Souvent par la foudre écrasé,
Le Saule échappe à la tempête,
Où le Pin superbe est brisé,
Des tours protègent moins la tête,
Que le chaume si méprisé.

Disse, tout change, tout s'altère,
Et l'Univers est sans cesse agité ;
Le sage seul garde son caractère ;
Est-il malheureux ? Il espère ;
Heureux, il craint l'adversité.

La main qui des hivers a ramené l'empire
Rétablira bientôt le règne du Zéphire ;
Phœbus n'est pas toujours armé de son Carquois,
Souvent il quitte l'Arc pour reprendre la Lyre,
Et de ses doux accents il enchante les bois.

Il n'est point mal aisé, quand notre Astre est prospère,
D'embellir nos regards par sa sérénité ;
Puissé-je, ô mon ami ! dans mon destin contraire,
Imiter ta sagesse et ton égalité.

v. 34.

LE

VALLON DE LOYOLA,

ou

L'ÉLYSÉE DES VICTIMES DE LA RÉVOLUTION,

*Par M.ʳ de D****.*

SECONDE ÉDITION.

A Pau,

É. VIGNANCOUR, IMPRIMEUR-LIBRAIRE.

—

1856.

Cet ouvrage a été composé en 1798 à Saint-Sébastien.

Le Vallon de Loyola est situé à demi-lieue de cette ville.

À Madame,

DUCHESSE D'ANGOULÊME.

Madame,

Ce n'est pas en qualité d'auteur, que je supplie Votre **Altesse Royale** de me permettre de lui dédier ce faible ouvrage. Je ne suis ni auteur ni poète : mon cœur seul a tenu la plume, & sans autre appui que mes sentiments, j'ai osé tenter d'élever un monument à votre Auguste Famille, de la représenter environnée de cette gloire qu'un concert unanime lui a décernée, & dont les rayons ne cesseront jamais d'éclater

Une autre gloire étoit réservée à Votre **Altesse Royale**; c'est celle de ramener, de réunir & de concilier tous les cœurs. Ah! **Madame**! qu'elle satisfaction pour le vôtre! quel plaisir de voir renaître, à votre seule présence, cet amour pour le **Roi** & pour nos **Princes**, si naturel aux François, la reconnaissance, cette vertu des belles âmes, le goût du devoir, l'obéissance, le zèle, en un mot, toutes les vertus qui honorent la nature humaine.

Ancien militaire, zélé serviteur de mon Roi, fils unique, retenu par une mère adorée, par des parents âgés qui n'avoient pas d'autre appui, le cri de ma conscience fut le plus fort, j'émigrai pour prendre les armes. Rentré en France après la dissolution de l'armée des Princes, j'ai eu le bonheur d'échapper à tout autre service. Non moins heureux aujourd'hui, de pouvoir déposer aux pieds de Votre **Altesse Royale** ce tribut d'une âme ardente & fidèle.

Je suis avec une profonde vénération,

Madame,

De Votre Altesse Royale,

Le très-humble et très-obéissant serviteur,

BARON DE **DISSE.**

Ancien Capitaine de Chasseurs à cheval au service de Louis XVI.

Pau, le 28 juillet 1823.

LE

VALLON DE LOYOLA.

Ne vois-tu pas cet autre, ô mon fils,
dont la blessure paraît si éclatante ? C'est
un roi de Carie.

TÉLÉMAQUE, livre XIX.

Exilé loin des lieux où j'ai reçu le jour,

Je parcourois les bords de mon nouveau séjour.

J'avais, quittant des mers la rive sablonneuse,

Gravi de Loyola la côte tortueuse :

Là, mon œil s'étendit d'un sommet élevé,

Sur un vallon fertile et par-tout cultivé ;

v. 6.

La plaine a d'un jardin l'apparence féconde,

Et le Guruméa l'arrose de son onde.

Les fertiles côteaux s'épuisent en bienfaits,

L'espoir du laboureur n'y fut trompé jamais,

Et la terre pour lui prodiguant ses largesses,

Paye un travail léger par d'immenses richesses :

Les bois, les prés, les fleurs, les fruits délicieux,

Dans cent tableaux divers enchantent tous les yeux.

Le fleuve par un pont voit ses rives unies,

Et le long de ses bords des routes applanies,

Au loin en serpentant, suivent tous ses détours :

Mais de sombres cyprès en ombragent le cours.

Ces cyprès, dans mon cœur, portèrent la tristesse ;

De tous mes mouvemens je la sentis maîtresse ;

Leur ombre m'appeloit, et je cède au désir,

D'aller, à mes douleurs, m'y livrer à loisir ;

Je descends, je me perds sous leurs rameaux funèbres.

Déjà la sombre nuit, répandant les ténèbres,

Avoit vers l'occident précipité le jour,

Confondoit les objets et hâtait mon retour.

Cependant les cyprès, et l'ombre, et le silence,

v. 27.

De mes sens égarés la douloureuse absence,

Les maux de mon pays qui déchiroient mon cœur,

Répandant dans mon âme une secrète horreur,

Dans un profond oubli la tenoient suspendue :

Aucun mortel encor n'avoit frappé ma vue ;

Je marchois lentement au milieu des cyprès ;

Lorsque, perçant d'un bois les asiles secrets,

Des hommes inconnus s'offrent à mon passage,

Leur nombre s'accroissant, vient couvrir le rivage,

Ils marchent sur le pont que j'avais traversé.

De quelqu'étonnement mon cœur se sent pressé,

Et je tourne sur eux une vue inquiète :

Un collier superbe environne leur tête.

Plus éclatant que l'or, semblable aux feux du jour,

Des rayons du soleil en forment le contour,

Et font jaillir au loin leur flamme étincelante,

Que l'ombre de la nuit rend encor plus brillante.

Surpris, je m'arrêtai : mais que devins-je, ô cieux !

Quand d'un œil attentif je reconnus en eux,

Ceux que de mon pays les tyrans immolèrent ;

D'une subite horreur mes cheveux se dressèrent,

Une froide sueur courut par tout mon corps,

v. 49.

Et vivant, je me crus descendu chez les morts ;
Cependant un éclat de lumières plus vives,
Attiroit mes regards loin du fleuve et des rives.
Le deuil et les cyprès ont par-tout disparu.
A leur place à l'instant des lauriers avoient crû.
Sous leurs rameaux unis, emblême de victoire,
Est un trône élevé resplendissant de gloire ;
Sur ce trône un mortel..... des Dieux étoient assis,
Je reconnois mon Roi, son épouse et son fils.
L'auguste Elisabeth étoit près de son frère,
Leurs zélés serviteurs entourent ce bon père ;
Les uns sont décorés du collier brillant,
D'autres portent au lieu de ce signe éclatant
Des traits du même feu de diverse manière ;
Leurs bras, leurs flancs, leur sein rayonnent de lumière,
Et la paix et la joie en inondant leur cœur,
Font lire sur leur front ce tranquille bonheur.

A cet auguste aspect ma langue embarrassée,
Essaya vainement d'exprimer ma pensée ;
Un invincible attrait me pressoit d'avancer,
La crainte et le respect me défendant d'oser,

v. 70.

Je fléchis les genoux et j'enchainai mon zèle.

Tout-à-coup devant moi paroît une immortelle :
Sa robe de la neige égale la blancheur,
Et l'or des fleurs de lys rehausse sa splendeur.
Elle s'adresse à moi : « Quand la parque ennemie,
» Dit-elle, de nos Rois devoit trancher la vie,
» C'est moi que l'on voyoit entrer dans leur palais.
» Lève-toi, dans ces lieux les cœurs les plus secrets
» Offrent de leurs replis l'accès le plus facile ;
» Des François vertueux tu vois l'heureux asile,
» Et ta fidélité t'en ouvre le chemin. »
Elle dit et marchoit, mais encore incertain,
Autour d'elle et de moi jetant un œil timide,
D'un pas mal assuré j'accompagnais mon guide ;
Elle daignoit m'attendre et marchoit près de moi.
Mais que je ressentis et de peine et d'effroi,
Lorsque je m'aperçus au milieu de ces ombres,
Qu'elles sembloient sur moi jeter des regards sombres ;
Les unes détournoient les yeux avec horreur,
Je vis sur d'autres fronts s'allumer la fureur ;
Effrayé, je suspends mes pas ; mais la déesse,

v. 91.

D'un regard de bonté soutenant ma faiblesse,

« Ces couleurs que je vois ont offensé leurs yeux. »

Elle dit, j'arrachai ce ruban odieux

Que le crime arbora pour dévaster la terre,

Et je vis à l'instant s'appaiser leur colère;

Mon guide leur sourit et reprend en ces mots :

« Vois dans ces traits de feu qui parent ces héros,

» Du sang qu'ils ont versé la trace lumineuse;

» Du brillant collier l'empreinte glorieuse,

» Marque ceux qui du Roi partagèrent le sort,

» Et sur les échafauds périrent de sa mort;

» D'autres dans les combats ont prodigué leur vie,

» Et les coups par lesquels elle leur fut ravie,

» Noble source de gloire, ont imprimé des traits,

» Que le temps en son cours ne ternira jamais :

» A l'entour de Louis vois cette troupe illustre,

» Du trône et de l'Etat le soutien et le lustre;

» Pontifes, magistrats, ministres ou guerriers,

» Tous d'une mort sanglante ont cueilli les lauriers.

» Vois Larochefoucault et son vertueux frère,

» Dulau que tout fidèle eut pu nommer son père,

» Fénélon le mentor des fils de l'indigent,

v. 113.

» Breteuil qu'on crut frivole, aux cachots de Rouen,

» Et fidèle et martyr il consuma sa vie.

» Héros de Cambrésis elle vous est ravie,

» Castellane avec vous meurt en vous consolant.

» Oracles des chrétiens, Beauregard et l'Enfant,

» Sous le glaive exerçoient leur sacré ministère.

» Vois Favras, le premier qu'un arrêt sanguinaire,

» O forfait! immola par le glaive des lois;

» Et Bachmam, que son zèle avoit rendu François,

» Et Brissac! de Louis l'ami le plus fidèle,

» Brissac, nos anciens preux, l'eussent pris pour modèle.

» Vois d'Ormesson, Dangran, Nicolaï, Sarron,

» Et l'intègre Molé, si digne de son nom;

» Plus vertueux qu'eux tous, plus patient, plus juste,

» Le Roi, de plus de gloire, a ceint sa tête auguste.

» Remarque, au loin, Charrette et le jeune Sombreuil;

» Les mêmes traits, tous deux, les ont mis au cercueil.

» De ce jeune Sombreuil, les conseils magnanimes

» N'ont pu de Quiberon, préserver les victimes,

» Ni la foi des traités, ni la mort du héros.

» Des bords que l'Océan va baigner de ses flots,

» Charrette avoit sous lui la cohorte nombreuse,

v. 135.

» Intrépide, fidèle autant que malheureuse ;

» Ce peuple de soldats, dont il étoit l'appui,

» Ou suivit son trépas, ou périt avant lui. »

Elle dit, et je vis une foule innombrable ;

Les mers ont moins de flots, leurs rives moins de sable.

Je t'aperçus alors victime en ton printems,

Lalanne (*), mon ami dès nos plus jeunes ans !

Ton cœur affectueux, simple, doux et sensible,

Dans ta sanglante mort, ton courage paisible,

Ont assuré tes droits à l'éternel repos,

Et t'ont marqué ta place au milieu des héros.

Respectable Sombreuil, tes derniers sacrifices

Ont couronné tes longs et fidèles services.

Déjà les meurtriers précipitant ton sort,

Une première fois avoient juré ta mort,

Et mille bras sur toi la tenoient suspendue :

Sombreuil tu périssois, quand ta fille éperdue,

De ses bras, de ses cris, t'apportant le secours,

T'arracha de leurs mains et préserva tes jours ;

(*) M. de Lalanne, conseiller au parlement de Pau.

v. 154.

Hélas! c'était en vain, la parque à la lumière,
D'une main plus cruelle, a fermé ta paupière ;
Ta fille pleure encor, inutiles regrets!
La tombe à ses regards t'a caché pour jamais,
Et tes fils, que le glaive a rejoints à leur père!
Hélas! pour chacun d'eux j'étais un second frère,
Et ton cœur incertain flottait entre eux et moi.

Et toi mon bienfaiteur, est-ce toi que je voi,
Trop généreux Grincourt(*) ? Ceux qui t'ont dû la vie,
N'ont pu, pour te sauver, suivre leur juste envie,
N'ont pu, mourant pour toi, te payer tes bienfaits ;
Du moins l'on m'entendra célébrer à jamais,
Ce dévouement d'un cœur qu'on auroit cru timide,
Et ta piété tendre, et ton zèle intrépide ;
Ma muse dans ces vers consacrera ton nom,
Et moi-même je veux, revoyant ta maison,
D'un père à cheveux blancs adoucir la tristesse,
De ton épouse en pleurs consoler la tendresse,
Et leur montrer ta gloire, et calmant leurs soupirs,

(*) M. Blin de Grincourt, d'Arras, eut le bonheur de sauver
plusieurs personnes de l'échafaud avant d'y monter lui-même.

v. 173.

2

Pour un semblable sort enflammer leurs désirs.

Mon guide cependant me conduit vers le trône,
Et tempérant pour moi l'éclat qui l'environne,
Me permet un instant d'admirer près du Roi,
Les derniers des François si fameux par leur foi,
Que des bords de l'ouest les peuples intrépides,
Reconnaissoient encor pour Seigneurs et pour guides.
Charrette conservoit son regard dédaigneux;
Tel qu'on le vit, après un pacte insidieux,
Entrer en conquérant dans Nantes confondue.
Malheureux! est-ce ainsi que leur foi t'est connue?
Ces paroles de paix, cette foi, ce traité,
N'est qu'un piége infernal pour ta perte inventé :
Ah! n'en croirez-vous pas mes mortelles allarmes?
Insensés, hâtez-vous et recourez aux armes:
C'en est fait; en leurs mains, des traîtres t'ont livré;
D'aucune émotion ton front n'est altéré.
La crainte, en tes bourreaux, a fait taire la rage,
Un seul de tes regards a glacé leur courage;
Debout, jusqu'à la fin arbitre de ton sort,
Tu donnes d'un coup d'œil le signal de ta mort.

v. 194.

Je vis encor Talmont, Baudri, Lapatouillère,
Joly, ses deux enfans morts sous les yeux du père,
Larochejacquelein, Donissan, Marigny,
Et d'Elbée et Bonchamp, et toi Lescure aussi.
Un sage paraissoit parmi ces chefs superbes,
Il parloit..... en silence on écoutoit Malsherbes.

« Suis moi, dit la Déesse, il est d'autres Français
» Réunis aux héros dans ce séjour de paix ;
» Leur sort eut moins d'éclat, leur mort fut moins cruelle,
» Mais leur Dieu, mais leur Roi, trouva leur cœur fidèle.
» Contemple, au milieu d'eux, ce sage magistrat,
» La gloire du Béarn et l'espoir de l'Etat :
» Le Ciel en avoit fait le modèle du juste,
» Et sa mâle beauté peignoit son âme auguste.
» Simple dans ses discours, ses écrits et ses mœurs,
» Jamais il ne brigua de futiles honneurs;
» Etre utile aux humains, était sa récompense.
» Cependant de nos lois, sa vaste intelligence,
» Son zèle, ses travaux, sa probité, sa foi,
» Tout l'eût porté, sans doute, au plus sublime emploi,
» Sans le funeste sort de la France éclipsée,

v. 215.

» Si lui-même au tombeau ne l'avoit devancée.

» D'un pas égal au sien tu vois marcher sa sœur ;

» Son front austère couvre un cœur plein de douceur ;

» Indulgente pour tous, à soi seule sévère,

» Elle offrit du chrétien le parfait caractère ;

» Obscure, recherchant en Dieu seul son appui,

» Elle oublioit la terre et ne songeoit qu'à lui.

» Bordenave (*), Estandeau ».. Mais d'un pas plus rapide,

J'avois, les bras ouverts, volé loin de mon guide :

« Chères ombres, disois-je, est-ce vous que je vois !

» Ah ! quand je vous quittai pour la dernière fois,

» Jetté dans les liens d'une prison cruelle,

» Je vous perdis et crus ma douleur éternelle.

» Hélas ! ces tristes mains n'ont pu fermer vos yeux ;

» Ne souffrirez-vous pas ?.... Vous me fuyez ! ô Cieux !

» Ah ! ne rendez donc pas mes efforts inutiles. »

Je parlois, autour d'eux jetant mes bras débiles ;

Trois fois mon cœur ému se livre à ce transport,

Trois fois leur ombre vaine échappe à mon effort,

Semblable au vent léger, plus trompeuse qu'un songe ;

Ainsi dans ces erreurs, où le sommeil nous plonge,

(*) M. de Bordenave, procureur-général au parlement de Pau.

v. 236.

Lorsqu'au lieu du repos un malheureux mortel,

Est pressé d'un danger qu'il croit être réel,

Ses pieds ne peuvent fuir l'horreur qu'il envisage,

Et sa bouche à ses cris ouvre en vain un passage;

Tel et plus malheureux je répandais des pleurs;

» Mon fils, dit Bordenave, et pourquoi ces douleurs?

» A t'asseoir près de nous tu peux un jour prétendre,

» Et le Ciel te permet de me voir, de m'entendre,

» D'un cœur reconnaissant accepte ces bienfaits.

» — Ah! puissai-je plutôt ne te quitter jamais,

» Dis-je, heureuse ton ombre en ces lieux descendue!

» Que d'horreurs ton trépas a soustrait à ta vue!

» Les François aux bourreaux abandonnant leur Roi

» Renversant les autels et reniant la foi,

» Par la faim, par le feu, la France dévorée,

» Au glaive destructeur son élite livrée,

» Les tombeaux profanés..... » Il recula d'horreur,

Et son front palissant décéla sa terreur.

» Oui, dis-je, un frère, en vain, fidèle à la nature,

» D'une pierre modeste orna ta sépulture;

» Les brigands de la France insultant à son deuil,

» Ont osé, de Turenne, entr'ouvrir le cercueil;

v. 258.

» Ont brisé le tombeau dont une fille tendre,

» Avoit de Sévigné couvert l'auguste cendre,

» Et d'un pied sacrilège ont dispersé ses os.

» Mais qui peut des élus altérer le repos?

» Que peut contre leur gloire une rage impuissante? »

Je lui parlois encor, une joie éclatante

D'une noble pudeur vint colorer son front,

Voyant à ces grands noms associer son nom.

Il reprit en ces mots : « Sans doute en sa colère

» Aux fureurs des méchans le Ciel livra la terre,

» Mais l'Eternel n'est pas pour toujours irrité,

» Et des justes encor implorent sa bonté;

» Au milieu des vertus tu peux passer ta vie;

» Ma sœur vit, c'est ta mère, elle fut mon amie;

» Sa voix, dans la sagesse, affermissoit mon cœur :

» Mes frères sont les tiens, leur devise est l'honneur.

» Chérissez tous mon fils, tenez-lui lieu de père.

» Je t'ai transmis encor plus d'un ami sincère :

» Péborde (*) en nos états, oracle révéré;

» Baure (**) non moins fameux dans le temple sacré

(*) M. de Péborde, syndic des Etats de Béarn.

(**) M. de Faget-Baure, avocat-général au parlement de Pau.

v. 278.

» Où Thémis a cessé de rendre la justice.

» Ah! qu'au Béarn encor, consacrant leur service,

» Ils reprennent la place où je les vis assis !

» Qu'en mémoire du père, ils veillent sur mon fils !

» Qu'ils vivent, jusqu'au jour !.. » Mais pressé par mon guide,

Loin d'eux, en un instant, porté d'un pas rapide,

Ils ont fui, comme un songe au moment du réveil,

Ou tels qu'une ombre vaine à l'aspect du soleil.

Je cherche l'immortelle avec eux disparue,

J'appelle, mais en vain, rien ne s'offre à ma vue;

Et je ne trouvai plus sous ces tristes cyprès,

Qu'une profonde nuit et d'éternels regrets.

v. 290.

F I N.

ÉPITRE

A ARISTE.

ÉPITRE

A ARISTE,

*par M.ʳ de D****.*

A Pau,

É. VIGNANCOUR, IMPRIMEUR-LIBRAIRE.

—

1836.

(3)

ÉPITRE

A ARISTE.

⁊·℈·⊰

Que trop souvent à tort nous plaignons nos destins
Cher Ariste! Le Ciel indulgent aux humains,
Touché des maux sans nombre épars dans leur carrière,
Voulut par l'amitié soulager leur misère.
Que je sois aux méchants en proie abandonné,
Dépouillé de mes biens, proscrit, emprisonné,
Qu'au sort des malfaiteurs ma tête réservée
Soit promise aux brigands pour servir de trophée,

v. 8.

Contre tous ces assauts je me sens raffermi,

Si parmi tant d'horreurs, il me reste un ami.

Au temps heureux, ta foi me fut toujours connue;

Dans mes adversités, elle s'est soutenue,

Et la sagesse en toi s'aidant de l'amitié,

En mes heureuses mains mit le fil délié,

Par qui trompant des lois l'insidieux dédale,

Je me suis vu rayé de la liste fatale,

Non moins funeste aux noms des malheureux humains,

Que l'urne que Minos agite entre ses mains.

Amitié! ton triomphe est au sein de l'orage.

Tes faveurs dans la paix sont d'un plus doux usage;

Nos monotones jours, tu les couvres de fleurs;

D'un feu pur et divin tu réchauffes nos cœurs;

Par tes saints entretiens la vertu s'alimente,

Le malheur s'adoucit et le bonheur s'augmente.

Ariste! un sort heureux me plaça près de toi,

Quel démon ennemi t'entraina loin de moi?

Age, goûts, sentiments, tout en nous se ressemble;

Pourquoi ne pouvons-nous pour toujours vivre ensemble?

De ton cœur bienfaisant l'indulgente bonté,

Heureux contre-poison de mon austérité,

v. 3o.

Dans l'homme m'apprendroit à supporter le vice,

A cacher d'un soupçon la trop prompte injustice,

D'une bouche imprudente excuser les propos,

Et par les qualités balancer les défauts.

Observe en ce marchand son âme mercenaire,

Le vil appas du gain l'absorbe toute entière;

Mais n'écoutons pas trop notre sévérité,

L'amour de ses enfants fait son avidité.

Contre le genre humain sa femme est gendarmée,

Aucun n'est épargné, sa langue envenimée

En sarcasmes mordants distile son poison;

Est-elle de retour au sein de sa maison?

Le bon ordre partout témoigne sa prudence.

Un cœur trop généreux, en sa folle dépense,

A causé tous les maux de ce dissipateur.

Des droits les plus sacrés hardi profanateur,

Ce curé sous tes yeux traine son infamie;

Mais quoiqu'il ait osé dans son délire impie,

Le titre d'homme en lui doit être respecté.

C'est ainsi, cher ami, que sur l'humanité

La sagesse a fondé le repos de ta vie.

Non que trop sérieux dans ta philosophie,

v. 52.

Un bon mot quelquefois craigne de t'égayer;
Nul homme à mon avis ne sait mieux allier
La plus droite raison à l'aimable folie.
Souvent du sel piquant d'une vive saillie,
Tu sais nous réjouir sans en choquer l'objet.
Qui craindroit de tes jeux de se voir le sujet ?
Je veux à ton exemple éviter la satire;
Ecrivons sans blesser, mais sans crainte de rire.

Ce bourgeois en voyant bouleverser l'Etat,
Pense être né pour tout, et nouveau magistrat,
Croit que des trois couleurs la trop rude alliance,
Sans qu'on ait rien appris infuse la science :
L'écharpe en larges plis grimace sur son dos ;
Le public en riant le classe au rang des sots.
Lui cependant que rien autour de lui n'éveille,
De ses grands mots nouveaux t'épouvante l'oreille.

Mais que me diras-tu de ce jeune insensé ?
Le Ciel en sa faveur semble avoir épuisé
Les dons qu'il ne répand que d'une main avare.
Il voulut en montrer l'assemblage trop rare.

v. 72.

L'air ouvert, assuré sans être audacieux,

Une noble franchise éclate dans ses yeux;

Sa démarche, son port, les traits de son visage,

Annoncent à-la-fois la grace et le courage.

S'il parle, de ses mots l'on admire le choix;

L'esprit à la raison n'ote rien de ses droits;

Son discours est piquant et le bon sens y brille.

Il pouvoit honorer son pays, sa famille,

Dans tous les gens de bien compter autant d'amis,

A tant de qualités quel espoir n'est permis?

Mais il a de son sang démenti l'origine;

Et des Solons nouveaux embrassant la doctrine,

Dans les honteux excès fruits de la liberté,

Va jusqu'au cabaret chercher l'égalité.

Ami des anciens, épris du goût antique,

Au lieu de s'exercer à la saine critique,

De chercher dans Homère et les divers auteurs,

Ce qui des vieilles mœurs peut se joindre à nos mœurs,

Le pugilat, la lutte, ont tourné sa cervelle,

Et Milon désormais sera seul son modèle.

Au récit des exploits qui signalent son nom,

D'aise on entend frémir les rustres du canton.

v. 94.

Tout tremble à son aspect, sa faveur est un titre ;

Il est leur compagnon, leur juge, leur arbitre ;

A grands coups de bâton se rend exécuteur

Des grotesques arrêts dont lui-même est l'auteur.

Pour fixer un empire et si noble et si juste,

Il défie au combat le gars le plus robuste ;

Son cœur gonflé d'orgueil ne veut point de rivaux ;

Un marché c'est l'arène, un bouchon le champ clos.

Il peut craindre pourtant le bras le plus débile,

L'adresse de nos jours rend la force inutile.

Par un enfant deux mois à l'escrime exercé,

Hercule renaissant se verroit terrassé,

Et pleurant et sa gloire et sa force déçue,

Contre un simple fleuret troqueroit sa massue.

Notre héros deux fois a vu douze printemps ;

Qu'il songe à lui, bientôt il n'en sera plus temps,

On dit qu'il est encore accessible à la honte,

Qu'il craigne que le vice enfin ne la surmonte,

Par des progrès trop sûrs n'abrutisse son cœur,

Et l'écarte à jamais du véritable honneur.

Si contre le torrent sur l'heure il ne travaille,

Les jeux, le cabaret, le vin, et la canaille

v. 116.

Changeront sans retour l'extravagant lutteur,
D'honnête homme du monde en grossier crocheteur.

Mais en ces longs discours pendant que je m'emporte,
Un essaim de clients assiège envain ta porte,
Et maudit l'importun qu'il pense n'être né,
Que pour ravir l'instant qui lui fut destiné;
Car jamais aucun d'eux, quoiqu'on puisse lui dire,
Un moment ne voudra que Cicéron respire.
Monsieur le bâtonnier, vous attendra ce soir;
Monsieur le comte un tel, est venu pour vous voir;
Monsieur, c'est l'imprimeur qui demande un mémoire;
Du plus étrange fait, Monsieur, oyez l'histoire;
Monsieur, un peuple entier se rend au tribunal:
Vas donc fléchir un juge, ou confondre un rival.
Mais que si fatigué de tant de renommée,
La gloire quelque jour te semble une fumée,
Après avoir fixé le sort de tes enfants,
Si tu viens à Tibur passer tes derniers ans,
Souvent de mes bosquets je veux quittant l'ombrage,
Goûter les plaisirs purs d'un si doux voisinage;
Là sous cet humble toit qu'honorent tes vertus,

v. 137.

Heureux de te revoir, ne voulant rien de plus;
D'utiles entretiens charmant notre vieillesse,
Nous pourrons discourir de l'humaine faiblesse,
Apprendre à relever ses défauts sans aigreur,
Et chercher la sagesse au milieu de l'erreur.

v. 142.

F I N

L'ARCIS.

1803.

L'ARGIS,

DÉDIÉ

A MADEMOISELLE DE DISSE,

*par M.ʳ de D****.*

Célébrons aujourd'hui nos modestes pénates.

A Pau,

É. VIGNANCOUR, IMPRIMEUR-LIBRAIRE.

1836.

Nota. Il y eut au quatorzième siècle un traité de paix qui fut signé dans l'église de Saint-Jean de Diusse, entre un Prince de Béarn et un Duc d'Aquitaine.

L'ARCIS.

Les grands fleuves souvent pareils aux conquérants,

Traversent les Etats impétueux torrents,

Laissant leurs bords couverts de débris de naufrage ;

L'Escaut, le Rhin, le Pô, tout souillés de carnage,

Aux malheurs des humains doivent un nom fameux.

Tu n'es ni renommé ni fastueux comme eux

Arcis, aussi tes eaux libres et fortunées,

A de honteux tributs ne sont pas condamnées.

Jamais des souverains rassemblant leurs soldats,

Sur tes bords désolés n'ont dirigé leurs pas ;

v. 10.

Mais au bruit de tes eaux, dans une paix profonde,
Le pâtre dort, ses bœufs s'abreuvent de ton onde.
Libre, ignoré, tu fais le bonheur d'un vallon.
Tes bois ne furent point dédaignés d'Apollon.
Ces chênes sourcilleux, non moins vieux que la terre,
En dépit des autans et des feux du tonnerre,
Doivent à tes bienfaits leur éternel printemps.
Par un juste retour, durant les mois ardents,
Leurs rameaux étendus de l'une à l'autre rive,
T'épargnent du soleil la chaleur trop active.
C'est dans ces sombres bois, sous leurs ombrages frais,
Qu'un Poète, écoutant ses mouvements secrets,
Croit des filles du Ciel entendre l'harmonie,
Et sent par leurs accords réchauffer son génie.

Un jour, il m'en souvient, paré de tes roseaux,
Pan sortit tout à coup du milieu de tes eaux;
« Apprends, dit-il, d'Arcis la haute destinée.
» Lorsqu'encore au berceau la terre fortunée,
» Voyoit en Jupiter un monarque chéri,
» De ce maître des Dieux Arcis fut favori;
» Ses mains portoient le sceptre et son front la couronne.

v. 31.

» Les Monts Pyrenéens, l'Océan, la Garonne,

» Renfermoient les sujets à ses décrets soumis;

» Le peuple étoit heureux, l'Etat sans ennemis,

» Ce fut leur âge d'or; bientôt ils s'en lassèrent.

» Le trône, les génoit, leurs mains le renversèrent.

» Ce peuple d'insensés abandonna son Roi.

» Chacun ne voulant plus dépendre que de soi,

» Trouva chez son voisin un maître et l'esclavage.

» Plus de lois, plus de frein, cette horde sauvage,

» Ne songeoit nuit et jour qu'à s'entre déchirer.

» Cet état qui d'horreur les eut dû pénétrer,

» Du nom de liberté fut nommé par eux-même.

» Déjà cédant la place à la licence extrême,

» Et quittant ces mortels désormais odieux,

» La vérité, Thémis, avoient fui dans les Cieux;

» Mais Jupiter tonnant sur ce peuple rebelle,

» Voulut sauver Arcis son ministre fidèle,

» Viens, Arcis, dans l'Olympe et t'assieds près de moi.

» Non, Seigneur, ces ingrats ont violé leur foi,

» Mais malgré leurs fureurs, je sens que je les aime.

» Que je les serve encor fut-ce en dépit d'eux-même.

» Par d'éternels bienfaits qu'ils connoissent mon nom,

v. 53.

» Et laissez-moi le soin d'arroser ce vallon.

» Il parloit et semblable à la neige légère,

» Qu'un rayon du soleil efface de la terre,

» Ses membres sont fondus, son corps s'est écoulé.

» Arcis du même nom est encore appelé,

» Et devenu ruisseau garde sa bienfaisance. »

J'écoutois le Dieu Pan dans un profond silence.

Soudain, il disparoit au milieu des roseaux.

Je verrai le rocher d'où jaillissent tes eaux.

Que le Nil défendu par d'affreux crocodiles,

Couvre ses bords fangeux de tortueux reptiles,

Qu'au fleuve de Colchos, un dragon menaçant,

De sa gueule enflammée effraye le passant,

Aimable Arcis, des lieux où tu finis ta course,

A ceux où Jupiter voulut ouvrir ta source,

Partout le voyageur rencontre un libre accès ;

Ta facile bonté ne se dément jamais.

Comme l'eau dont l'aspect frappe et rend à la vie,

Le voyageur perdu dans l'aride Arabie,

v. 72.

Par la faveur des Dieux tu te trouves caché,

Vers les derniers confins d'un pays desséché.

Qu'on vante de nos vins l'amorce enchanteresse,

C'est toi, ruisseau, c'est toi qui fais notre richesse.

Qu'elle douce fraîcheur! quel charme en tous nos sens!

Quand montés au sommet de nos coteaux brûlants,

Etendant sur la plaine une vue altérée,

Soudain s'offre à nos yeux ton onde inespérée!

Mais pourquoi ces replis et ces nombreux détours?

Pourquoi ces longs accents et ces roulements sourds?

Ruisseau chéri des miens! Ah! tu joins ton murmure

Au cri que dans mon cœur élève la nature.

Viens, seconde ma voix par ton frémissement,

Et daigne à leur berceau t'arrêter un moment.

Aux lieux où le Liso, chéri de Philomèle,

T'apporte avec ses flots une grandeur nouvelle;

Près du temple où jadis deux puissants souverains,

Rendirent en ton nom le repos aux humains,

S'élève une maison à mi-côte exposée

Et du soleil naissant d'abord favorisée.

De jeunes bois épais tous plantés par mes mains,

Coupés en tous les sens par vingt divers chemins,
D'une foule d'oiseaux sont déjà la retraite,
Un jour ils la pourront garder de la tempête.
Un peu plus loin s'enfonce un vieux bois écarté,
De Faunes, de Sylvains, quelquefois fréquenté,
Habité plus souvent par le Dieu du silence.
C'est là qu'indifférents au faste, à l'opulence,
A leurs goûts modérés mesurant leur grandeur,
Mes pères ont vécu pourtant avec splendeur.
Leurs amis fréquentoient leur table hospitalière,
Jamais le pauvre envain ne leur dit sa misère.
Chéris de leurs égaux, du peuple révérés,
De nos lois, de nos mœurs défenseurs éclairés,
Nul pour le bien public ne surpassa leur zèle.
Lorsqu'au sein des Etats, une atteinte mortelle,
Théophile trop tôt vint terminer tes jours (*),
Au même instant les cris, le trouble et ces discours
De la douleur naïve ordinaire langage,
Furent du deuil public l'éclatant témoignage.
Mais comment peindre ici ses enfants désolés,
La veille autour de lui par leur cœur assemblés,

(*) Une appoplexie foudroyante. Il expira sur-le-champ.

v. 114.

Et l'âme maintenant de douleur consumée,
Arrosant de leurs pleurs sa cendre inanimée,
Sur un funèbre char qu'a devancé le deuil,
Vers le toit paternel conduisant le cercueil?
De leurs cris douloureux les chemins retentissent:
Au devant d'eux partout les pauvres en gémissent:
Infortunés! les Dieux ne vous l'ont point ôté;
Ses fils de ses vertus ont tous trois hérité.

Vous les reçutes vous à qui je dus la vie;
Presqu'aussitôt, hélas! elle vous fut ravie.
D'une mère sensible attentif aux leçons,
Ma langue avec effort formant ses premiers sons,
Jamais ne bégaya le tendre nom de père.

Soixante ans de travaux ont distingué son frère
Dans l'art de soulager et guérir les humains.
Sous les rustiques toits, ses libérales mains,
A ses prudents conseils, à sa voix consolante,
Savoient encore unir la largesse abondante.
Aussi quand la terreur répandant ses fléaux,
Des premiers citoyens remplissoit les cachots,

v. 134.

La voix du peuple encor osant se faire entendre,
A s'en voir protéger qui de nous peut prétendre?
Qui s'en vit réclamer? Fut-ce l'homme puissant?
Non, ce fut l'homme simple, utile et bienfaisant.
Pour briser ses liens, vingt paroisses s'unirent;
Leurs efforts et leurs voix pour lui se confondirent:
Quel prix peut mieux payer les soins d'un bienfaiteur?

O toi de ma famille assidu protecteur!
Mais où m'as-tu conduit muse trop imprudente?
Ah! respecte du moins une douleur récente!
Non, puisque mon vrai père est perdu pour jamais,
Exprime ma douleur et redis ses bienfaits.
Dis que pendant trente ans, ses soins, sa vigilance,
Sa douce fermeté, sa tendre complaisance,
Jamais un seul moment ne se sont démentis.
Reçu dans sa maison il m'adopta pour fils,
Et de tous les secours entoura ma jeunesse.
Sans doute le premier fut sa propre sagesse.
A son Roi dévoué dès ses plus jeunes ans,
Loin d'une mère en pleurs, il vola dans les camps.
Dis qu'il fut généreux, plein d'honneur et de zèle,

v. 155.

Sensible et sûr ami, surtout sujet fidèle.

Ses blessures frappoient dès le premier aspect,

Et leur trace profonde imprimoit le respect.

Ton image est ici foiblement exprimée,

Philippe, dans mon cœur elle est mieux imprimée.

De tes vertus atteindre à la perfection,

Est un but assez haut à mon ambition.

Ah! puissai-je toujours en garder la mémoire!

Avancer sur tes pas dans la solide gloire,

Imiter ta raison, ta piété, ta foi.

Puissé-je penser, vivre et mourir comme toi.

Et vous sa sœur unique, et toujours son amie,

Vous seul reste des miens, sur qui s'est réunie

La tendre affection que j'avois pour eux tous,

D'attendrir votre cœur uniquement jaloux,

Irai-je dans ces vers dont je vous fais l'hommage,

D'un discours trop flatteur emprunter le langage,

Et vous faire rougir en peignant vos vertus?

Ecoutons l'indigent sans rien dire de plus.

Qui se sentant pour eux des entrailles de mère,

Sait le mieux en donnant consoler leur misère?

v. 176.

Qui jusqu'en l'avenir portant ses tendres soins,
Sait d'un cœur attentif prévenir leurs besoins?
J'entends leurs voix. Chacun au même instant réplique
Et d'un commun accord, Angélique, Angélique.

Arcis, avec mes pleurs laisse couler tes flots.
Mais déjà loin de moi précipitant tes eaux
Tu fuis, je veux jouir de ton dernier murmure;
Mais reprends une marche et plus lente et plus sûre.
Suspends tes pas, reviens, ah! regarde imprudent,
Sous ce branchage épais ce fleuve dévorant
Ouvrant pour t'engloutir une gueule écumante;
Ne mêle point tes eaux à son eau jaunissante;
Où vas-tu malheureux? Tu te perds sans retour.
C'en est fait et l'Arcis disparoît dans l'Adour.
Ainsi des lys François le trop vaste apanage,
A de nos fiers Gastons dévoré l'héritage.
Ainsi nous avons vu le trône des Bourbons
S'engloutir pour jamais dans un goufre sans fonds.
Mais pourquoi du néant chercher si loin l'exemple?
Tout dépérit et meurt. Que chacun se contemple;
Sur nous-même tournons nos regards réfléchis:

v. 197.

Bientôt mes jours sont pleins, et mes cheveux blanchis

A la fatale faulx déjà marquent ma tête.

Déjà mon heure sonne et la parque s'apprête.

Trop heureux toutefois si comme ce ruisseau,

Aux lieux où je suis né je trouve mon tombeau.

Si d'un cœur vertueux laissant le témoignage,

J'ai par quelques bienfaits su marquer mon passage.

v. 204.

NOTA. *Celle fable de l'Arcis a été composée en prose par M. de* Baure.

F I N.

LA

TUBEREUSE.

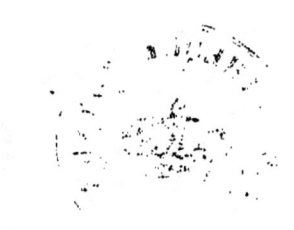

LA TUBEREUSE,

SON ORIGINE, SA CULTURE,

Par M.ᵣ de D****.

Aimez donc la vertu ; que toujours vos écrits
Empruntent d'elle seule et leur lustre et leur prix.
BOILEAU. Art poétique.

SECONDE ÉDITION.

É. VIGNANCOUR, IMPRIMEUR-LIBRAIRE.

1856.

A MADEMOISELLE

AUGUSTINE DE LONS.

Mademoiselle,

Je cherchois un nom qui, placé à la tête de ce petit Poème, pût l'honorer et le soutenir. Ma longue habitude de chérir et de respecter le vôtre, me l'a bientôt rappelé, et j'ai cessé ma recherche. Quel autre nom, en effet, peut mieux s'allier à un trait d'héroïsme, que celui d'une maison où la vertu est héréditaire comme la noblesse, et remonte avec elle jusqu'à l'origine de la monarchie.

Daignez donc accueillir avec bonté ma Cymodoce, et agréer aussi l'attachement et le respect constans et sincères avec lesquels j'ai l'honneur d'être,

Mademoiselle ,

Votre très-humble et très-obéissant serviteur,

BARON DE DISSE.

Pau, le 17 janvier 1824.

LA

TUBEREUSE.

Non loin du mont Hymette, au front blanchi de neige,

Près des remparts fameux que Minerve protège,

Est un vallon couvert d'un gazon éternel;

De Diane, un bois sombre, y décore un autel;

Il étend à l'entour ses ténèbres profondes,

Et l'Ilyssus y joint la fraîcheur de ses ondes.

Parmi les doux objets qu'enferment ces beaux lieux,

La jeune Cymodoce attire tous les yeux.

On admire, à la fois, sa légère souplesse,

Et de ses traits flatteurs l'élégante finesse,

Sa fraîcheur, son éclat, le feu de son regard,

Et sa pudeur timide et sa grâce sans art.

Tel de l'azur du Ciel effaçant les étoiles,

Et forçant la nuit sombre à replier ses voiles,

L'astre aimé de Vénus quitte le sein des mers,

Lève son front humide et règne au haut des airs ;

Telle la jeune Nymphe efface ses compagnes.

Apollon l'aperçoit et descend des montagnes.

Il se trouble, il s'agite. Ah! dit-il, non jamais

Mon cœur ne fut ému de si puissans attraits :

Non, celle dont Orphée a reçu la lumière,

Thya qui de Delphus m'a rendu l'heureux père,

La perfide Cassandre et la tendre Evadné,

Ni Dya, ni Clio, ni l'ingrate Daphné,

De feux aussi brûlants n'ont embrasé mes veines.

Divine Cymodoce! A ces paroles vaines,

La Nymphe aux pieds légers fuit devant Apollon,

Comme un rapide trait aidé de l'aquilon.

Mais que lui sert sa peur? que lui sert sa vitesse?

Le Dieu qui la poursuit dans son ardente ivresse,

Craignant un désespoir fatal à ses transports,

Coupe vers l'Ilyssus, l'éloigne de ses bords.

Le bois, dans le lointain, semble offrir un asile,

v. 33.

Cet espoir lui sourit et la rend plus agile,

Elle vole. « Ah! dit-elle, en son effroi mortel,

« De Diane du moins si j'atteignois l'autel! »

Elle dit, et ses pieds ont dévoré la plaine.

Il la suit, elle entend le bruit de son haleine;

Ses pas sont aussitôt remplacés par ses pas;

Déjà pour la saisir il avance les bras.

« Chaste Déesse à qui j'ai consacré ma vie,

» Ah! plutôt mille fois qu'elle me soit ravie.

» Viens à moi! De mon sang j'arrose ton autel,

» Ah! qu'il monte vers toi pur et non criminel. »

A ces mots, d'une main et d'un cœur magnanimes,

Elle saisit le fer teint du sang des victimes,

Porte au Ciel ses regards et son cœur tout entier,

Et tournant vers son sein le formidable acier,

Son bras se lève..... « Ciel! ah! juste Ciel! arrête!

« Ah! que tous tes dangers soient plutôt sur ma tête.

» Cesse de me causer un désespoir mortel;

» Un amour aussi tendre est-il donc criminel?

» Arrête. » En s'écriant, il se retient lui-même.

Immobile, il hésite en son désordre extrême.

Suivra-t-il sa fureur? ou d'un cœur plus humain

v. 55.

Abandonnera-t-il un triomphe certain?

Tout-à-coup, sous ses pieds, il sent trembler la terre,

Sur sa tête, il entend retentir le tonnerre.

« Jupiter! dieu cruel, inflexible, jaloux,

» Je t'entends. Ah! destins, où me réduisez-vous?

» O! Nymphe, que ne puis-je, au gré de mon envie,

» Ou comme toi périr, ou te rendre à la vie?

» Ah! je t'attendrirois par l'ardeur de mes soins.

» Le destin s'y refuse. O! douleur! Mais du moins

» Par un chemin plus doux, va, descends chez les ombres;

» Qu'ai-je dit malheureux! sur les rivages sombres?

» Non, reste sur la terre, et qu'un long avenir

» Garde de ta vertu le touchant souvenir.

» Déployant tout l'éclat d'une riche parure,

» Fleur nouvelle, tu vas embellir la nature.

» Ton sein de tes vertus exalera l'odeur,

» Le pur éclat du lys marquera ta candeur,

» Et le pourpre, ce sang que ma voix suppliante

» Put à peine arrêter sous ta main menaçante;

» Ah! Cymodoce! » Il dit, elle change; soudain

Le couteau formidable échappe de sa main,

Ses bras ont disparu, sa tresse obéissante

Se relève et lui forme une tête charmante;

Et désormais, perdant leur vitesse, ses pieds

S'étendent sous la terre en rameaux déliés.

Apollon la contemple; il gémit, il soupire.

Il se tait : son silence aggrave son martyre.

Pour son âme agitée, il n'est plus de repos,

Et son cœur oppressé laisse tomber ces mots:

« Reçois mon tendre vœu; sortant du sein de l'onde,

» Avant de m'élever pour éclairer le monde,

» Je viendrai chaque jour t'arroser de mes pleurs,

» Seul tribut dont je puisse attester mes douleurs.

» Va superbe ornement, l'orgueil de la nature,

» Mon cœur est aussi vrai que tu fus noble et pure.

» Va, crois-moi, ne crains pas, non, non, ne crains jamais,

» De voir ternir ta gloire ou flétrir tes attraits.

» Je vais de ta culture expliquer la merveille.

» Vertumne approche-toi, bergers prêtez l'oreille. »

Il dit et prend sa lyre, et le Dieu des Saisons,

Attentif à sa voix en transcrit les leçons.

Des fleurs de tes jardins dans la troupe nombreuse,

As-tu pour l'élever choisi la TUBÉREUSE?

v. 98.

Que sous le Scorpion l'oignon soit déposé
Dans un sol vigoureux du chaud favorisé.
Tu cueilleras ainsi la fleur la plus hâtive.
Attends jusqu'au Bélier tu la verras tardive.
Veux-tu contre le froid disposer tes apprêts?
Tu dois de tes coursiers préférer les engrais.
Sous cet heureux rempart ton élève aguerrie,
Du cruel aquilon peut braver la furie.
Mais dès que le Soleil, vainqueur des fils du Nord,
Aux végétaux glacés rendra quelque ressort,
Que ta main sagement alors la débarrasse,
Et lui donne une terre et plus fraîche et plus grasse.
Alors saisis le fer, et d'une même ardeur,
Poursuis l'herbe vorace et le ver destructeur,
Repousse du Chardon l'épineux voisinage,
De l'affreuse Arachné brise le frêle ouvrage,
Et que loin d'elle encor l'immonde Limaçon
Porte sa trace impure et traîne sa maison.
Pendant trois ans entiers, sans lasser ta constance,
A ces divers travaux contraints ton indolence;
Ah! crois-moi, le succès surpassera tes soins.
La nature en efforts ne put consumer moins.

v. 120.

Tant l'ouvrage est brillant, tant sa grâce est parfaite.

Sur-tout qu'à chaque Hyver ta main sûre et discrète,

Du pied qui les produit, sépare les Caïeux;

Proscris de ces rejets l'excès pernicieux;

Montre-toi contre eux tous également sévère;

Les enfans trop nombreux affameroient la mère.

Ces Caïeux cultivés, entr'eux heureux rivaux,

T'offriront dans trois ans des prodiges nouveaux.

Mais si déjà la mère a vu sa fleur passée,

N'en espère plus rien, elle reste épuisée :

Ou, plutôt, renonçant à ce vain ornement,

De ses premiers beaux jours frivole amusement,

Plaçant mieux désormais sa gloire et son envie,

A de nouveaux enfans elle donne la vie.

Sitôt que tu verras l'épi se dégager,

A la tige tremblante offre un appui léger,

Ou des Autans fougueux la triste violence,

Du fruit de tant de soins renverse l'espérance.

Mais le succès enfin vient te récompenser.

v. 139.

Regarde dans les airs la tige s'élancer.

Elégante, moelleuse, et flexible, et légère,

Un essaim de boutons orne sa tête altière,

Le pourpre en traits de feu rehausse leur fraîcheur,

Nul fard n'a de leur sein altéré la blancheur,

La tige s'embellit par un léger feuillage,

Plus riche vers le pied, il retombe et l'ombrage.

Surpris de tant d'attraits, l'œil y reste attaché,

La Rose en a pâli, le Jasmin s'est caché,

Le Lys même a perdu son audace hautaine,

Toutes avec dépit ont reconnu leur Reine.

Cependant ses boutons sont à peine entr'ouverts,

Et déjà leur parfum remplit au loin les airs.

v. 152,

FIN

Le Gave.

LE GAVE,

POÈME EN QUATRE CHANTS,

*Par M.ʳ de D****.*

＞●＜

Ou le veut, je l'essaie, un plus savant le fasse.

LAFONTAINE.

＞●＜

SECONDE ÉDITION SOIGNEUSEMENT CORRIGÉE.

à Pau,

É. VIGNANCOUR, IMPRIMEUR-LIBRAIRE.

———

1836.

A Mademoiselle

ADÈLE DE BORDEU.

Mademoiselle,

C'est vous qui m'avez inspiré ce petit Poëme, ou du moins le courage de l'entreprendre. C'est votre ouvrage autant que le mien. Vous m'avez suggéré & vous avez réussi à me faire croire qu'à 74 ans révolus, il pouvoit me rester encore avec le goût de la saine littérature quelque étincelle d'imagination. Vous m'avez fait entendre que ce seroit une œuvre essentiellement Béarnoise, qu'elle pourroit intéresser tous nos compatriotes. Que je pourrois peut-être dire **mon Gave**, avec plus de droit que cette jeune femme qui osoit dire **mes Pyrénées**, quoiqu'elle ne fut pas même Françoise. En un mot, vous m'avez persuadé. Il est juste que je vous fasse hommage de mon travail. Il est moral & même religieux autant que le sujet le comporte. Sans cela il ne seroit pas digne de vous. Vous avez bien voulu vous charger de soigner ma vieillesse, & c'est avec tous les agréments d'une société qui interesse également le cœur & l'esprit. Vous m'avez fait connoître l'amitié tendre & enjouée, en même temps que grave & sérieuse. Je trace votre portrait sans le vouloir & sans y songer. Vous savez bien que je ne sais pas flatter, que c'est la reconnaissance qui s'exprime, & que si vous avez pour moi les sentiments d'une Fille tendre, j'y réponds par toute l'affection d'un Père.

LE BARON DE **DISSE.**

A Pau, le 9 novembre 1835.

AVANT-PROPOS.

––––––

En 1782, les États de Béarn arrêtèrent par délibération, qu'on travailleroit à rendre le Gave navigable, depuis Peyrehorade jusqu'à Pau, et il fut assigné des fonds pour cette entreprise. On forma donc un chemin sur la rive droite, en jettant des ponts sur l'embouchure des ruisseaux. On prétendoit que les bateaux, tirés par des bœufs, pourroient remonter par cette route, et M. N. s'offrit à prouver, par son expérience personnelle, qu'on pourroit descendre en s'abandonnant au courant. Mais il fit naufrage près du pont d'Orthez, et les inondations détruisirent le chemin qu'on avoit déjà pratiqué. Le mauvais succès de cette entreprise, a paru propre à donner un tour poétique, à la description du cours de cette rivière.

Chant Premier.

≈●≈

Exposition. — Le Cirque. — Invocation.

←⊞⊞→

Le maître du Trident quittoit le sein des Mers ;
Dirigé vers l'Olimpe, il traversoit les airs ;
Assis sur un Nuage, il contemple, il admire,
Et le vaste Océan soumis à son empire,
Et les fleuves divers dont les cours sinueux,
Lui portent en tribut leurs flots majestueux.
Il voit l'Escaut, le Rhin, le Danube, la Save,
La Garonne ; sur tous il distinguoit le Gave.
Il aimoit ce Torrent, ses bonds précipités,
Et l'azur de son onde, et ses flots argentés.
Soudain il aperçoit des troupes fugitives
De Silvains éplorés, de Nayades plaintives,

Quittant ces bords chéris, que des audacieux

Osent le fer en main dévaster à leurs yeux.

La hache sans pitié renverse les ombrages ;

Les rochers soulevés encombrent les rivages ;

Neptune s'en émeut ; il frémit, et son cœur

Ne sauroit réprimer ce sentiment vengeur.

Il appelle des Dieux la prompte Messagère.

» Iris vois-tu, dis-moi, sur ce coin de la Terre,

» Ces mortels insensés et leurs hardis projets?

» Non, quels que soient leurs vœux, ils seront sans succès.

» Quoi ! leur cupidité ne connoit point d'entrave ?

» Qu'ils naviguent ailleurs, mais pour les bords du Gave,

» Ils nous sont consacrés, c'est l'ordre du Destin :

» Ses décrets, tu le sais, ne sont jamais en vain.

» Et cependant, Iris, un Nautonnier impie,

» Méconnaissant mes droits et méprisant sa vie,

» Sous les murs de Henri prépare les vaisseaux

» Qu'il va monter sans doute en profanant mes eaux.

» Cours, Iris, à l'instant trouver le Dieu du Gave,

» Dans un honteux repos il souffre qu'on le brave !

» Remets-lui mon Trident ; les Vents lui sont soumis.

» Qu'il soulève mes flots contre ses ennemis,

v. 34.

» Qu'il venge ses honneurs en punissant ces traîtres.

» C'est ainsi qu'aux mortels il faut montrer leurs maîtres.»

Il dit, aux mains d'Iris il remet le Trident,

Du pouvoir confié témoignage éclatant,

Droit nouveau, pour punir des offenses nouvelles.

Au même instant Iris de ses brillantes aîles,

Trace un arc rayonnant des plus vives couleurs.

Non loin de Gavarnie, aux sublimes hauteurs

Où les Monts ont leur tête au-dessus des Nuages,

Pendant que sous leurs pieds se forment les orages,

Aux lieux où succombant à ses longues douleurs,

Pyrenne rencontra la fin de ses malheurs,

Un Cirque de rochers fondés par la nature

Développe à grands traits sa vaste architecture.

Pyramides, Châteaux, Palais, disparoissez,

Frivoles jeux des Rois, Tours superbes, fuyez;

De ces rocs entassés la masse épouvantable,

Immense, et d'un aspect sauvage et redoutable,

S'élève et tombe à pic de deux fois six cents pieds;

A sa base, au sommet, sont d'éternels glaciers.

v. 54.

Plus haut la Frazona levant sa tête altière,

Dans le vague des airs va chercher la lumière;

Du Marboré les pics , les moles et les tours,

De ce Cirque étonnant couronnent les contours,

Et plus fier , le Daillon sous son immense neige,

Etend ses larges flancs , le couvre et le protège.

Du haut du Marboré précipitant ses flots,

Et leur chute rapide en divisant les eaux,

Une Nappe paroît , immense , éblouissante,

Au mouvement des airs flexible , obéissante ;

Ses contours transparents sont réduits en vapeurs ;

Le Soleil de ses feux y peint mille couleurs,

Mais sa masse à l'abri de ce léger nuage, (1)

Tombe de tout son poids ; elle s'ouvre un passage,

Et perçant du glacier les rocs prodigieux ,

Se creuse un lit profond sous un pont merveilleux.

Ici préparez-vous à de nouveaux prodiges ;

La glace en cent façons opère ces prestiges.

Candelabres , Miroirs , Urnes , Vases , Cristaux

Arbres pétrifiés et brillants Minéraux.

Sous cet arc magnifique, aux reflets de lumière,

v. 75.

Le Gave triomphant, commence sa carrière.

C'est sur le Marboré qu'il préside à sa cour.

Principal ornement de ce rare séjour,

Ses nymphes près de lui, de leur urne d'Albâtre (2),

Epanchent leurs flots purs sur la roche bleuâtre :

Ces fleuves ruisselant vont se joindre à ses flots,

Et traversant leurs ponts, réunissant leurs eaux,

Se rendent à grand bruit dans la rive profonde,

Ainsi mugit la mer, ainsi la foudre gronde.

C'est ce Palais sauvage, et sublime, et brillant

Que le fier Dieu du Gave habite constamment.

De l'Olympe en ces lieux la prompte Messagère

Vient s'abattre, portant le message sévère :

« Que fais-tu Dieu du Gave en ce honteux repos ?

» Tu dors ? et cependant des manœuvres brutaux

» Osent porter le fer et le feu sur tes rives.

» J'ai vu fuir les Sylvains, les Nayades plaintives ;

» Mon cœur en est ému, m'a dit le Dieu des Mers ;

» Ne perds pas un moment à traverser les airs.

» Ne vois-tu pas, Iris, qu'un Nautonnier impie (3)

» Méconnaissant mes droits et méprisant sa vie,

vi. 96.

» Sous les murs de Henri prépare les vaisseaux,

» Qu'il va monter sans doute en profanant mes eaux?

» Va, cours, vole à l'instant, trouve le Dieu du Gave,

» Perdu dans ses rochers, il souffre qu'on le brave!

» Remets-lui mon Trident, les Vents lui sont soumis.

» Qu'il soulève mes flots contre ses ennemis,

» Qu'il venge ses honneurs en punissant ces traîtres;

» C'est ainsi qu'aux mortels il faut montrer leurs maîtres.»

Elle dit et le Dieu frémit à ce propos;

Il secoue à l'instant la neige des roseaux

Dont il ceignit toujours sa ceinture et sa tête,

Endosse son écharpe, et se hâte et s'apprête,

Entre les mains d'Iris il saisit le Trident,

Et sort d'un pas rapide et d'un front menaçant.

Je te salue, ô Gave! ô Dieu puissant, terrible!

Qui pourroit résister à ta force invincible?

A tes flots en courroux le roc le plus pesant

Ne sauroit opposer que l'effort d'un moment.

Et le chêne orgueilleux dont la tête chenue (4)

Les pieds dans les enfers va traverser la nue,

v. 116.

Qui des hivers, des vents, triompha sans efforts,
Vient tomber à grand bruit et rouler sur tes bords;
Mais ta force nous rend ta bonté plus sensible.
Aux désirs des humains tu te rends accessible.
O souvenir heureux de mes premiers penchans!
Aurore de mes jours! fleur de mes premiers ans!
Lorsque mon jeune cœur aussi pur que ton onde,
Ignoroit des mortels la malice profonde,
Et non encor flétri par tant d'objets d'horreur,
Ne savoit pas les mots de mensonge et d'erreur;
Eludant d'un gardien la surveillance active,
J'allois loin de ses yeux m'égarer sur ta rive,
De tes flots écumants j'admirois la blancheur;
Un instinct naturel m'y montroit la candeur;
Mes foibles bras vouloient t'arrêter dans ta course,
Ou plongeant dans tes eaux remonter vers ta source;
On ne pouvoit sans pleurs m'arracher à tes bords.
O Gave! tels étoient mes plaisirs, mes transports.
Mais que vois-je aujourd'hui? Que d'éclat, que de gloire,
Se r'attachant à toi vivent dans la mémoire!
Ici, c'est Charlemagne entouré de ses Preux,
Marchant contre Agramant et ses vassaux nombreux,

v. 138.

Olivier, Renaud, Astolphe, Bradamante

Qui combattoit Roger quoiqu'elle en fût l'amante.

Roland, surtout, Roland aux Sarrazins fatal ;

Son bras sûr et puissant d'un coup de Durandal,

Fit voler en éclats ce roc inexpugnable,

A l'ardeur des François obstacle insurmontable.

Bridedor s'élançant dans ces monts entr'ouverts,

Laissa sur les rochers l'empreinte de ses fers.

On l'y fait voir encore, et ce fameux passage

Sous le nom de Roland s'est transmis d'âge en âge.

Là, ce fut nôtre Henri si grand dans le malheur.

Il fut de ses sujets le Père et le Vainqueur. (5)

Tes échos rappelant un souvenir plus tendre

Mêlent à ce grand nom le nom de Corisandre.

Plus loin je vois la gloire indiquant les Gastons,

L'intrépide Classun et les nombreux Grammonts.

Arnaut, et toi surtout, ô magnanime d'Orte !

Toi dont l'âme élevée, aussi tendre que forte,

A su jadis trouver dans tes nombreux vassaux,

De fidèles sujets et non pas des bourreaux.

Je te salue, ô Gave ! en crayonnant ta gloire,

v. 159.

Tous ces héros par toi respirant dans l'histoire,

Devront à tes bienfaits leur éternel renom.

Jamais la faux du Temps n'effacera ton nom ;

Et quoique l'on ait dit de sa force indomptable,

Du puissant Marboré le roc impérissable

Est frappé vainememt, il durera toujours.

La foudre ne sauroit en renverser les tours,

Elle gronde à ses pieds ; si quelquefois ta glace

A vu par le Soleil altérer sa surface,

Bientôt ton allié, l'Hyver réparateur

Lui rend en peu de nuits toute sa profondeur.

La Frazona toujours épanchera tes ondes (6)

Et tes ponts couvriront leurs ravines profondes.

Ta gloire !..... Je n'en ai qu'ébauché le tableau.

Mais comment peindre ici ce miracle nouveau ?

Quand le Soleil vainqueur dissipant les orages,

A fait fuir les autans, rabaissé les nuages,

Que pénétrant partout, le feu de ses rayons,

Eclaire la vallée et les rocs et les monts,

Soudain le Marboré décrivant son arcade,

Comme un fleuve de feux élance sa cascade.

Les sauts de Gavarnie, Arroudet et Soussa

v. 181.

2

Et la digue d'Orthez et les rocs de Scia

Etalant à l'envi les plus rares prestiges,

Eblouissent les yeux de leurs nouveaux prodiges.

Ton cours est embrasé de mille feux divers.

Quel coup-d'œil comparable en ce vaste univers?

Le Rubis, le Saphir, la Topaze, l'Opale,

L'Or et le Diamant, la Perle orientale

Etincèlent sans cesse, et mêlés dans leurs jeux,

Croisent en mille sens leurs rayons et leurs feux;

Pendant que de ton lit l'onde tranquille, unie,

Présente d'un miroir la surface polie,

Réfléchit des hauts cieux l'éclat resplendissant,

Et joint à ton azur l'azur du firmament.

L'Hydaspe fabuleux....... Ah! laissons les paroles,

Chez toi la vérité passe les hyperboles.

Mais je te retiens trop. Pardonne Dieu puissant,

Pardonne à mon amour ce transport renaissant.

Désormais je te suis, c'est assez pour ma gloire,

C'est assez pour m'inscrire au Temple de Mémoire,

Si sensible à mes vœux tu dictes mes accents,

Si d'un front radouci tu souris à mes chants.

v. 202.

FIN DU CHANT PREMIER.

Chant Second.

꧁·◉·꧂

Gavarnie. — Le Chaos. — La Grotte de Gèdre en 1787. — La Chapelle de Héas , Scia, L'Échelle , Luz. — Histoire Naturelle. — Les Quadrupèdes , les Oiseaux , les Poissons. — Mœurs des habitans. — Leurs croyances. — Argelez. — Le Château de Lourde. — Betharram. — Le Château de Coarraze. — Nay. — Pau.

⇠⚏⇢

Nous avons vu le Gave ému par la colère ,

Abandonner le Cirque imposant et sévère ;

Il marchait à grands pas ; deux torrents latéraux ,

Des deux flancs opposés viennent grossir ses eaux.

Ils courent, et bientôt leurs ondes blanchissantes

Tombent à Gavarnie en cascades brillantes ; (1)

v. 6.

Et leur nappe argentée en coulant lentement,

Recouvre de Soussa le gazon verdoyant.

Aux murs de Gavarnie, on s'étonne, on contemple

Douze crânes humains des Chevaliers du Temple.

« Ou coupables ou non, ils furent malheureux;

» Détournons nos regards d'un spectacle odieux. »

Il dit, mais quel objet vient s'offrir à sa vue?

O révolution, jusqu'alors inconnue!

Foible image pourtant, inspirant moins d'horreur

Que les affreux excès de l'humaine fureur.

Quel pouvoir inoui, renversant les montagnes,

De leur débris informe a couvert les campagnes?

Entassement confus de rocs prodigieux!

On dit que les Titans escaladant les Cieux,

Entreprirent en vain d'en remuer la masse;

Leurs efforts impuissans fatiguant leur audace,

Ils allèrent chercher dans leurs projets nouveaux

Aux monts Thessaliens de moins rudes travaux;

Laissant à ce désert, pour venger leur injure,

Du surnom de Chaos l'antique flétrissure.

Loin de ces rocs altiers, suspendus, menaçants,

v. 27.

Gèdre ouvre enfin au Dieu ses asiles charmants. (2)

La tendre mousse y tend un tapis de verdure,

Sur un gravier léger, un clair ruisseau murmure ;

Le Cerisier, le Plane enlacent leurs rameaux ;

Ils croissent à l'envi, se courbent en berceaux,

Mariant à leurs jets une vigne naissante,

Et de ses pampres verts la branche obéissante.

C'est à peine que l'Aube y fait voir sa blancheur,

Et le jour le plus doux s'unit à la fraîcheur.

C'est dans ce lieu, c'est là que quelquefois esclave

D'un trop rare loisir, s'endort le Dieu du Gave.

C'est là que la nature exempte de tout art,

Du Dieu qu'elle révère a remisé le char.

Sur deux orbes d'argent une conque azurée

Par de liants ressorts y demeure assurée.

Le timon est d'argent, l'un et l'autre coursier

Sont attachés au joug par des liens d'acier.

Ces nobles animaux sont nourris d'ambroisie,

Et puisent dans ce mets leur immortelle vie ;

Des entraves en or leur retiennent les pieds.

Ils sont par les Tritons aussitôt déliés,

Joints au char. Le Dieu monte, il tient en mains les rênes.

v. 49.

L'or pur avec la soie en a tissu les chaînes.

Il parle à ses coursiers : « Si j'ai pris soin de vous,

» Faites voir votre zèle et servez mon courroux. »

Ils courent. Les Tritons aux mouvemens agiles,

Transporteront le char dans les pas difficiles.

Ce bord délicieux, son attrait si puissant,

Ne saurait l'appaiser, l'arrêter un moment.

Gèdre est déjà loin d'eux, et l'antique chapelle

Que le Héas a ceint de sa neige éternelle.

L'Ours et le Loup cruel fréquentent ses entours.

Ce Temple renommé ne s'ouvre qu'aux grands jours.

Où ce Roi qui porta le grand surnom de Juste,

Confia son Royaume à la Patronne auguste,

A cette Vierge mère et pure, dont le sein

Récéla le salut de tout le genre humain.

Mais le Gave poussant ses ondes mugissantes,

Fait retentir au loin ses rives gémissantes ;

Il sort du fond du gouffre un affreux roulement ;

L'œil n'y peut pénétrer qu'avec frémissement.

Le Gave ici se perd sous des roches énormes ;

v. 69.

Plus loin il reparoit sous de nouvelles formes.

De rochers en rochers il tombe en bondissant,

Disperse au loin ses flots en bouillon blanchissant.

Tantôt du haut d'un roc une nappe est jetée,

Et déroule en tombant une toile argentée.

Au-dessus et partout sont d'arides rochers,

Des sapins encor droits et d'autres arrachés;

Quelques traits égarés d'une sombre verdure,

Donnent seuls au passant, l'espoir que la nature

Morte encore, pourra plus loin se ranimer.

A Scia, cet espoir ne se peut confirmer.

Un lierre vigoureux couvre l'architecture

D'un vieux pont dont le marbre a fondé la structure;

Ses mille bras pressés serrent les fondements,

Retardent leur ruine et conjurent le temps.

J'ai tenté jusqu'ici des tableaux difficiles;

Mais qui donc invoquer? Quelles mains plus habiles

Pourront peindre le choc de tous les éléments,

Le fracas du Tonnerre et ses ébranlements,

On le croiroit du moins, à la chute effroyable, (3)

v. 89.

La profondeur horrible, étonnante, incroyable,

Du ressaut gigantesque et des affreux rebonds,

Qui vont perdre le Gave en un gouffre sans fonds.

Oui, l'âme la plus ferme en seroit ébranlée.

Mais un nouvel aspect l'a bientôt consolée,

Dissipé le vertige, écarté la vapeur,

Ranimé son courage et rassuré sa peur.

Entre ces pics altiers que l'œil ne peut atteindre

Et l'abyme profond qu'on ne sauroit trop craindre,

Règne un sentier étroit, mal aisé, dangereux,

Le pied bronche sans cesse en ce sol raboteux.

De l'habitant rustique admirons le génie :

Un quartier de rocher par lui mis en saillie,

Un second le déborde assis sur le premier,

Un troisième le suit, ainsi jusqu'au dernier ;

Ce dernier élevé jusques à la ceinture,

Au montagnard craintif offre une route sûre.

Rome auroit avoué ce travail merveilleux

Du plus simple bon sens effet prodigieux ;

Vingt ponts en moins d'un jour de l'une à l'autre rive

Portent le voyageur et sa vue attentive ;

v. 110.

Il peut braver l'aspect de ce gouffre effrayant.

Du fond du précipice une Tour s'élevant (4)

De degrés en degrés et d'étage en étage

Portoit le montagnard à hauteur du Passage.

Dans ce pas difficile en ce détroit affreux,

Un homme arrêteroit un bataillon nombreux.

Des soldats de Xercès les innombrables files,

A l'Echélle auroient pu trouver les Thermopyles.

Un jeune homme imprudent un jour s'y laissa choir.

Tu vis dans ce malheur un sublime devoir,

Digne pasteur de Luz, Cantonnet; ton courage,

Ton dévoûment, ton nom transférés d'âge en âge,

Serviront de modèle à nos derniers neveux.

Rien ne pût t'arrêter; ni des gouffres affreux

L'obscurité, le bruit, la profondeur horrible,

Le doute du succès, inquiétant, terrible,

Ni l'aspect imminent d'un semblable destin.

Un cable suspendu te tient lieu de chemin.

Tu parviens jusqu'au fond; l'infortuné respire,

Et l'espoir dans ton cœur..... C'en est fait, il expire.

Mais du moins il a vu le signe consolant

v. 131.

Que la Religion offre à l'homme mourant.

Enfin Luz apparoît, sa tour, et son église.
Au sein d'un tapis verd cette ville est assise ;
Au-dessus, le sommet, l'escarpement des monts
Sont couverts de hameaux, placés en échelons ;
On dirait à les voir suspendus dans les nues,
Que c'est moins des humains les demeures connues
Que des nids disposés par l'aigle audacieux.
Deux routes au-dessous se présentent aux yeux ;
L'une de Saint-Sauveur va chercher les étuves,
De Barèges par l'autre on va trouver les cuves
Que propice aux mortels Esculape donna
Brûlantes de ces feux qui consument l'Etna.
La victime de Mars, va dans ces eaux ardentes
Appaiser sa blessure et ses douleurs cuisantes.

Sur sa conque d'azur entouré des Tritons,
Le Gave suit ses flots resserrés par les monts :
Ses coursiers immortels, dans leur course rapide,
Ecoutent et la voix et la main qui les guide.
L'écume blanchissante enveloppe leurs flancs ;

v. 151.

Leurs yeux sont enflammés, et leurs nazeaux fumants.

Sur la tête du Dieu l'on voit flotter des voiles

Teints d'azur, et que l'or a parsemé d'étoiles.

Immobiles, charmés de cet aspect nouveau,

Le Peintre et le Poète ont posé leur pinceau,

Le Savant son album, et ses recherches vaines

Sur les plantes, les rocs et leurs profondes veines;

De toutes parts on voit venir les animaux. (5)

Le Loup féroce, et l'Ours funeste aux grands troupeaux,

Ont oublié la faim, et suspendant leur rage,

Pour admirer leur Roi se rendent au passage.

Le Lynx aux yeux perçants, le Cerf aux pieds légers,

Et l'Isard s'élançant de rochers en rochers.

Tandis que le grand Aigle aux aîles étendues,

Et le Vautour barbu qui domine les nues,

Le grand Duc, le Faucon déterminé chasseur

Dont l'homme sait instruire et régler la fureur,

Tournent autour du maître, et lui rendent hommage

Par le bruit de leur aile et par leur cri sauvage.

La Corbine au bec rose, et la Poule des bois,

Parmi ces fiers oiseaux font entendre leur voix.

La Perdrix blanche encor, qui modèle des mères, (6)

v. 173.

Leur donne des leçons et tendres et sévères.

Le Merle noir perché sur le haut d'un buisson,

Ouvre sa bouche d'or pour siffler sa chanson.

La Fauvette le suit, et gazouille et voltige,

Pendant que dédaigneux du secours d'une tige,

Le Grimpereau s'accroche au roc le plus glissant,

. Et rit du gouffre affreux qu'on voit en frémissant.

Cette conque azurée a pour eux mille charmes.

Du plus profond des eaux la Truite sans allarmes

Monte, accourt et folâtre à l'entour des Coursiers,

Et bondit et retombe et leur lèche les pieds.

Ainsi s'ébat l'Anguille à la robe glissante,

Et bientôt le Saumon à l'écaille changeante.

Le Montagnard grossier préfère au plus haut rang

Sa fière indépendance et son modeste champ.

La peau de ses brebis fait toute sa parure,

Leur lait son abondante et saine nourriture.

L'hyver vient, il oppose à la rigueur du froid

Sa cabane d'ardoise et le plus humble toit.

Son Chien, son compagnon, son ami l'accompagne,

C'est par lui que, tranquille, il erre en la montagne.

v. 194.

Si le torrent fougueux précipite ses flots,
Une ardoise suffit pour partager les eaux
Qui font tourner sa meule et baignent sa prairie.
Mais le Gave est son Dieu, c'est son honneur, sa vie;
Il aime son fracas, ses chocs impétueux,
Ses échos, son écume et ses rocs dangereux.

Il tient de ses aïeux la foi vive et profonde
Qui gouverne son âme, et qui la rend féconde
En nobles sentiments d'un cœur hospitalier.
C'est sa constante idée, et toujours familier
A la foi des anciens et des nouveaux miracles,
Des récits peu certains sont parfois ses oracles.
On construit de Héas les sacrés fondements,
Trois Chèvres aussitôt, de leurs purs mouvements,
Sans guide, vont de loin, fidèles et constantes
Offrir aux ouvriers leurs mamelles pendantes.
Au haut du mont Anie un tonnerre grondant
S'étend-il sur Lescun? Le crédule habitant
Désigne tout d'abord, pour l'auteur des ravages,
L'être couleur de feu qui souffle les orages, (7)
Pour venger, pour punir le mortel indiscret
v. 215.

Qui voulut pénétrer son asile secret.

Homme simple veux-tu garder ton innocence ?

Avec elle, crois moi, garde aussi ta croyance.

Dans l'incrédulité chaque pas est glissant ;

Tel hésite d'abord et doute en frémissant,

Qui bientôt rassuré, se livre à la licence.

Le Vallon s'élargit et bientôt l'abondance

Va récréer les sens si long-temps effrayés.

Les monts ont agrandi leurs contours déployés.

Argelés s'offre aux yeux, l'Aure délicieuse

A repoussé du nord la fougue rigoureuse.

Les Grecs dans Argelés crurent trouver Tempé.

Vaine erreur d'un esprit d'abord préoccupé ;

Argelés vaut bien mieux. Eh quoi ! l'eau du Penée

En cent canaux divers doucement entraînée

Porte-t-elle en cent lieux son utile fraîcheur ?

Forme-t-elle au-devant du vigilant faucheur

L'amas toujours entier d'une herbe verdoyante

Sous la tranchante faux, sans cesse renaissante ?

Non, les flots du Penée appaisant leur courroux,

Ne flattent point les sens d'un murmure si doux.

v. 236.

La Vigne ici ployant sa branche délaissée,
Et cherchant un appui pour sa tige offensée,
A l'inutile Ormeau préfère le Poirier,
Adopte avec transport le riche Cerisier;
Du haut de Saint-Savin la Pomme succulente,
Du superbe Maïs la récolte abondante,
Achèvent ce tableau si frais, si gracieux,
Si divers, de ces monts arides et pierreux.

Argelés déjà grand nous annonce la plaine,
Et déjà le vallon clot et nourrit sans peine,
Arras et Balandran, et son superbe aspect :
Vidalos, Saint-Pastous; l'habitant circonspect
De tours et de hauts murs munissait leur enceinte.
Tous les droits méconnus justifioient sa crainte.

Quand le Gave tombant du haut des monts glacés,
Pour la première fois sur des rocs rabaissés,
Se frayoit d'un chemin la pente naturelle,
Il penchoit vers l'Adour à lui-même infidèle.
Peut-être avant le temps marqué par le destin,
v. 255.

Le Gave malheureux précipitait sa fin.

« Eh quoi ! malgré les dons que te fit la nature,

» La fierté, l'abondance, une existence obscure ! »

Dit l'ange, du Béarn vigilant protecteur,

« Et tu perdrois ton nom ? Viens et sois créateur.

» Il est un sol nouveau ; l'insensible nature

» N'y reconnoît encor ni rapport ni culture.

» Viens-y porter la vie et creuser ses vallons.

» Cours-y rouler le marbre et les débris des monts.

» Que tes bords tout couverts d'une riche verdure,

» De riantes maisons d'une simple structure,

» Représentent toujours l'abondance et la paix,

» Et que son nom par toi soit célèbre à jamais.

» Viens. » Il dit, et jetant dans le Gave rapide

De l'amas de rochers la vaste pyramide

Où de Lourde aujourd'hui s'élève le château,

Il força la rivière à prendre un cours nouveau,

Pour aller du Béarn commencer l'existence.

Gardons-nous de passer sous un honteux silence

De Classun l'héroïsme et l'intrépidité ?

v. 275.

Dans le. haut du donjon il était arrêté
Et son cœur s'indignait. Mais d'une âme constante
Employant les efforts de la lime mordante,
Il n'était plus d'obstacle, il pouvait les forcer;
Le fer n'empêchait plus qu'il ne pût s'élancer.
Il s'élance et se perd dans l'espace terrible.
Son ange le soutint dans cette chute horrible.
Le gouverneur tranquille et sûr du prisonnier,
Laissoit dans les fossés son rapide coursier.
Classun monte, s'éloigne et pousse à toute outrance,
La nuit, le jour, sans cesse. Enfin en assurance
Il se livre au repos et le rend au coursier.
Le Gave, au souvenir de ce héros si fier,
Sourit. Ce noble trait fut son titre à la gloire
Et *le saut de Classun* a passé dans l'histoire. (8)

Le torrent qui d'Azun arrose le vallon,
Ceux de Héas, Barège et de Castetloubon,
De Cauterets accru de cette onde attiédie,
Dont le souffre et le fer peut prolonger la vie,
Accourent. « Qu'on soit prêt à servir ma fureur. »
Ils tremblent à ces mots, et lisant dans son cœur,

v. 296.

5

Chacun d'eux lui promet sa prompte obéissance.

Grossi de leurs tributs, il se hâte, il s'avance,

Dans une plaine ouverte il roule en plein canal,

Et son char touche à peine au mobile cristal.

Bientôt il voit Saint-Pé, cette antique abbaye,

Asile où s'oublioient les peines de la vie ;

Moins connu que le temple auguste et solennel

Dont tous les cœurs touchés vont visiter l'autel.

Betharram, ses entours et son sîte rustique,

Objets saints et sacrés d'une ferveur antique.

Les bois religieux, les images des saints,

Les vestiges récents des dévots pélerins,

Dont l'âme repentante ensemble et magnanime

Vient retrouver la paix dans l'humble aveu du crime.

Tout pénètre les sens d'une sainte terreur.

J'ai moi-même éprouvé cette pieuse horreur,

Prosterné, plein d'amour et de reconnaissance,

J'ai rendu grâce au Dieu qui permet et dispense

Et les maux et les biens de ce vaste univers,

D'avoir sauvé son culte et trompé les pervers,

Qui du noir athéisme établissant l'empire,

v. 317.

Avoient dans leur fureur juré de le détruire.

Cependant Coarraze avec son vieux château
Et ses bois et sa tour, offre un aspect nouveau.
Le Dieu s'émeut. « Ici jusqu'à l'adolescence
» Henri passa le temps de sa virile enfance.
» C'est ici qu'aux travaux il endurcit son corps;
» Et que de son esprit, les précoces efforts,
» Discernant les Césars, les prenoit pour modèle, (9)
» Pour vaincre et pour fixer la fortune infidèle;
» Que de fois à la nage il traversa mes flots!
» Ardent, tendre, sensible, ennemi du repos,
» Oui, c'est ici, là même, à la place où nous sommes,
» Que je vis se former le meilleur des grands hommes (10)
» Oh! trop heureux François! Béarnois fortuné!
» Si du fond des enfers un monstre ne fût né. »
Il soupire, il gémit. Poursuivant son voyage
Il voit Nay sur ses bords, où par un seul rouage
Des forces du génie effet prodigieux, (11)
Trois cents métiers sont mus d'un secret merveilleux.
Nay déjà renommé sur les lointains rivages,
Où la religion, les mœurs et les usages

v. 338.

A l'Europe inconnus, sont chers à l'Orient.

C'est à Nay que pour eux s'est tissu le turban.

De Nay encore part cette opulente chaîne

De villages nombreux et qui couvrent la plaine,

Jusqu'aux murs qui d'Henri furent l'heureux berceau.

« Mais que vois-je grands Dieux sur les tours du château ?»

Il retient ses coursiers. « Ce n'est plus son panache ;

» O Ciel ! et que devient cette couleur sans tache ?

» Et quoi ! le Béarnois fidèle, généreux......

» Avançons. » Il approche. Un gros tumultueux

De peuple mutiné poussait des cris sauvages,

Il traînoit un Berceau, les augustes images

De Jeanne, Catherine et celle du bon Roi.

Le Gave consterné regarde avec effroi.

Conservés vainement en des temps plus prospères,

Ces objets précieux du culte de nos pères,

D'âge en âge transmis, et toujours adorés,

Par des enfans ingrats au feu seront livrés !

Aux mains des malfaiteurs déjà la flamme brille,

Monte en tourbillonnant, elle éclate et pétille,

Le berceau, les portraits y sont précipités.

v. 359.

Plus loin un malheureux dont les jours sont comptés,

Entouré de soldats est conduit au supplice.

Ici c'est l'échafaud dressé par l'injustice,

Par le meurtre et le vol, et déjà teint de sang. (12)

Une femme, d'un port qui décèle son rang,

S'avance avec lenteur. Sa conscience pure

A jugé ces apprêts d'une âme ferme et sûre.

Elle marche à la mort. Le Dieu les voit, « Oh Cieux !

» Quoi ! Lalanne ! Candau ! je les connois tous deux.

» Les grâces, la bonté, les vertus les plus rares

» N'auront pas attendri, désarmé ces barbares ?

» Ah ! fuyons cette terre où le sang innocent......

» Fuyons, dis-je. » A ces mots, il pousse en frémissant

Ses coursiers emportés par le feu qui l'anime :

Son indignation, son horreur pour le crime,

Impriment à sa voix un accent effrayant,

Ils volent ; les Tritons nagent en pâlissant ;

Loin de pousser au char, d'aider à sa conduite,

Ils peuvent suivre à peine et seconder sa fuite.

v. 378.

FIN DU CHANT SECOND.

Chant Troisième.

꘠

*Le Château de Pau. — La Plaine de Lescar. — L'origine
des Béarnois. — La Tour de Moncade. — La Digue
d'Orthez en 1787. — Sa Passe-Lisse. — Le Pont
d'Orthez. — Castetarbe. — Le Château de Baure.*

Mais déjà loin de Pau l'ardent navigateur,

D'un projet insensé, malheureux créateur,

A dépassé le Parc dont le frais et l'ombrage

S'unit au cours de l'onde et borde son rivage;

v. 4.

Lieux où le Grand Henri fatigué de travaux,

Recherchoit le silence et goûtoit le repos.

Suspendons un moment cette course rapide

Pour tracer le Manoir de ce moderne Alcide,

De l'hydre factieuse heureux triomphateur.

Ce Manoir et ses Tours occupent la hauteur

Du côteau qui décrit sa pente occidentale;

Le Gave coule au pied. Il répand, il étale

Sur un vaste terrain ses abondantes eaux,

Et d'un canal unique y forme vingt canaux

Qu'entrecoupe partout une riche verdure.

Au-delà, Jurançon arrondit sa ceinture

Premier aspect frappant des balcons du Château.

Là règne Guiraudet la gloire du côteau,

Guindalos, Stéphani, le Pic de la Tisnère

Que Bordeu célébra d'une voix si légère.

Sur la rive opposée éclate Bizanos;

Sur la plaine s'étend le superbe Gélos.

Tous offrent à l'envi leur riante structure,

Et leurs prés et leurs bois la plus fraîche parure.

Les monts Pyrénéens, dans leur vaste contour,

Se dessinent par l'ombre et par l'éclat du jour,

v. 26.

Et le Soleil mourant au bout de sa carrière,

Coupe les masses d'ombre à grands traits de lumière.

Le Gave en tout son cours, en tant d'aspects nouveaux,

N'offre point aux regards d'aussi riches tableaux.

Déjà Jurançon fuit ainsi que son vignoble;

Arbus, son site altier, et cet asile noble

Des Gassions fameux, magistrats ou guerriers.

Au nord, Lescar, son Temple et ses hauts Marronniers.

Du Gave tortueux décrivant le Méandre,

L'impatient Nocher est forcé de suspendre

Le succès dont son cœur ose encor se flatter.

Le fleuve paroissoit ne pas vouloir quitter

Cette plaine fertile où la riche abondance,

D'un immense jardin séduisante apparence,

Sous les grains entassés fait crouler les greniers,

Et d'un nectar exquis encombre les celliers.

D'innombrables troupeaux trouvent dans la prairie

Et dans les bois épais, le couvert et la vie.

Le Gave avoit baigné Bizanos et Gélos. (1)

Il arrose Bournos, Abos, Angos, Loos,

Et le long de ses bords vous remarquez encore

Ces noms chéris des Grecs et que l'histoire honore,

Abydos, Caubios, Os, Gayros, Syros,

Et plus bas, Biaudos, Sirgos, Orthez, Bardos;

Je le dis hautement, voilà la Grèce antique.

Aux siècles reculés, dans le temps héroïque,

Lorsque les Grecs au bout de dix ans de hasards,

Eurent renversé Troie et détruit ses remparts,

Les vainqueurs, les vaincus soumis aux mêmes chances,

Poursuivis des destins, fendoient les mers immenses.

Un des vaisseaux des Grecs poussé d'un sort fatal,

De la flotte d'Enée a suivi le fanal.

Mais bientôt les amis du vaillant Diomède,

Appelant et la voile et la rame à leur aide,

Pour sortir de ce pas font les derniers efforts.

Le succès les couronne et les conduit aux bords

Où l'Ebre de ses eaux arrose l'Ibérie.

C'est là qu'ils trouveront leur nouvelle patrie.

C'est là qu'en débarquant ils quittent leur vaisseau,

Tombant de vétusté, déjà la proie de l'eau.

Des monts Pyrénéens ils traversent l'enclave;

Parvenus dans la plaine où circule le Gave,

Chacun choisit le sol conforme à ses désirs ;
Tous veulent de leur cœur flatter les souvenirs ;
Et soupirant encor au seul nom de la Grèce,
Ces noms, ces noms chéris dictés par la tendresse,
S'appliquent au local que chacun a choisi.
Ils s'animent entre eux, discourent à l'envi ;
Ils croient à Syros retrouver un Achille,
Dans Abydos, l'amant dispos, ardent, agile,
Qui fendant de ses bras les flots de l'Hellespont,
Pour revoir son amante, éternisa son nom.
Héro, Léandre, Achille avec Déidamie
Confondent leur ancienne et leur nouvelle vie.

Enfin paroît Moncade et l'orgueilleuse Tour
Des Princes de Béarn magnifique séjour ;
Heureux si leur vertu, par la gloire enchaînée,
Avoit à son retour signalé chaque année ;
Arnaut de Berne auroit évité son destin ; (2)
Mais l'honneur dans ces murs avoit marqué sa fin.
De Lourde, pour l'Anglois, il tient la forteresse,
Et malgré son serment, le Duc de Foix le presse,
Au mépris de sa foi de la mettre en sa main.

v. 89.

Il résiste. Le duc va lui percer le sein,

Fait briller son poignard, mais Arnaut intrépide

Sent son cœur s'élever. Nul mouvement timide

Ne sauroit affoiblir le devoir et l'honneur ;

Le duc barbare achève et lui perce le cœur :

« Est-ce là, dit Arnaut, le fait d'un noble sire ?

» Vous me mandez céans, et cela pour m'occire ! »

Non tu ne mourras pas, et la postérité

Voit en toi le héros de la fidélité,

Ton nom vit glorieux, et l'inflexible histoire

Marque ton assassin d'une tache à sa gloire.

Mais la digue d'Orthez de l'un à l'autre bord,

Par des rocs entassés avec un long effort,

Au fleuve impétueux veut fermer le passage.

Celui-ci que révolte un si sensible outrage,

S'accroit, s'enfle, s'élève, et se précipitant, (3)

Retombe..... Les rochers l'accueillent en grondant ;

L'air retentit au loin, une nuée immense

De l'écharpe d'Iris brillante ressemblance

Image du Printemps paré de mille fleurs,

S'élève, se soutient et s'envole en vapeurs.

                    v. 110.

Un seul couloir étroit gardé pour le flottage,

Du jeune Nautonnier sévère apprentissage,

Glace tous les esprits par son cours effrayant;

L'onde s'y précipite et glisse en s'enfuyant;

Du bordage les uns aussitôt se saisissent,

Dans le fond, sur le lest les autres se tapissent.

Matelots, Avirons, Radeau, tout confondu

S'engloutit dans le fleuve, ô Ciel! tout est perdu.

Jusqu'au fond de son lit l'onde s'ouvre une route,

Et quand le spectateur tremble, regarde, écoute,

O prodige! soudain, sans nuls efforts nouveaux,

Le Radeau reparoît et vogue au gré des flots.

Le hardi nautonnier a franchi cette passe;

Il fuit rapidement, il évite, il dépasse

L'île qui suit la digue et son aride aspect;

Il oppose, il retient l'aviron circonspect

Contre les rocs voisins protecteur favorable.

Déjà paroît le pont, mais le Dieu formidable

Qui le poursuit, l'atteint. Il lève le Trident,

Le malheureux Nocher s'écrie en pâlissant;

Le coup tombe; soudain le vaisseau se sépare,

Se brise, se disperse, et pendant qu'on prépare

v. 132.

Des secours au rivage en poussant de grands cris,

L'onde en tourbillonnant engloutit les débris.

Cependant on accourt, on s'empresse, on retire

L'infortuné Nocher. Il existe, il respire ;

Le Pilote imprudent, avec ses Matelots,

Est sauvé comme lui de la fureur des flots.

Mais le Gave n'a point assouvi sa vengeance :

Il laisse sa victime ; il marche en diligence ;

Il traverse le Pont, célèbre monument ;

Deux énormes rochers hors de l'eau s'élevant,

Sur une double base accueillent l'arche antique

Que surmonte une Tour pour sa défense unique.

Simple, sans ornement, utile, mais sans art,

Ce monument, dit-on, fut construit par César.

Quoiqu'il en soit, les flots, ni leur fureur constante,

Les vents en tourbillon, ni leur rage croissante,

Ni du sol agité les affreux tremblemens,

Ni la foudre des Cieux, ni le travail du temps,

Ni des fournaux de Mars l'infernale puissance

N'en ont pu seulement effleurer l'existence.

C'est ce Pont que fouloient nos généreux Gastons,

v. 153.

Lorsqu'encore envieux d'éterniser leurs noms,

Défenseurs de la Croix et guidés par leur zèle,

Ils venoient des Saints-Lieux d'expulser l'Infidèle;

Ou lorsque protecteurs des mœurs de leur Pays,

Ils l'avoient délivré des brigands ennemis

Qui proclamoient les droits d'une loi chimérique,

Quand l'effronté pillage étoit leur but unique.

C'est par là, que brillant d'un triomphe nouveau,

Suivis de leur bannière ils montoient au Château.

Chacun vantoit sa dame et ses grands coups de lance;

C'est là que l'on parloit d'amour et de vaillance.

Un rang de rocs serrés régnant sur chaque bord

Du Gave furieux a redoublé l'effort.

Il s'appaise, il gémit en joignant la chapelle

Rustique, mais auguste, où dort l'homme fidèle.

Castétarbe, tu fus autrefois son berceau,

Tu gardes aujourd'hni, tu couvres son tombeau,

Tombeau que je ne pus arroser de mes larmes.

O souvenir rempli de douleur et de charmes!

Bordenave! ton nom m'est sacré pour jamais.

Ma Muse à Loyola se retraçoit tes traits,

v. 174.

Douce erreur pour mon âme un moment abusée.

Et toi que faisois-tu sur la rive opposée ?
Baure, son compagnon, son ami, son rival,
Dans le savoir des lois marchant d'un pas égal.
La foi, l'intégrité, la conscience austère,
L'horreur des attentats, un cœur juste et sévère,
Enchaînant ta fortune et tes talens divers,
D'aimables fictions tu peuplois les déserts
Qu'ennoblit ton Manoir avec sa Tour antique ;
Cette Tour, de Tancrède avoit le nom magique.
Angélique et Médor décoroient ton Château ;
Leur chiffre paroissoit sur le Hêtre et l'Ormeau.
Le Peuplier, le Chêne indigène et sauvage
Mêloient et varioient à l'envi leur ombrage.
De ces rocs élevés presqu'à l'instar des Monts,
Surpassant en hauteur tes nobles Pavillons,
Tes regards s'étendoient autour de ton Domaine.
Le Làa, ton Fibrénus, te gardoit dans la plaine, (4)
Ses cascades, sa digue et sa nappe d'argent,
Du roc qui le retient, bientôt se dégageant,
Il couroit féconder la riante prairie (5).

v. 195.

Et portoit dans son sein la fraîcheur et la vie.

Aux loisirs de l'hyver Tacite et ses portraits,

Des hommes de ton temps te présentoient les traits.

Des Poétes fameux en évoquant les ombres,

D'eux et de leurs héros tu peuplois les nuits sombres.

Virgile avec le Tasse, Arioste enchanteur,

Le vieux Homère encor leur maître et leur vainqueur.

Tels étaient tes plaisirs, quand lassé du sublime

Des méditations, et sorti de l'abyme

Dont Newton et Pascal sondoient la profondeur,

Tu laissois reposer leur esprit créateur :

Tout étoit pénétré par ton intelligence ;

Tout étoit retenu par ta mémoire immense.

Oh ! tendre confiance ! amitié ! doux lien !

Moments trop courts passés dans un libre entretien !

Conformité de goûts, de souhaits, d'espérance !

Que de torrents d'esprit ! que de feu ! d'abondance !

Que de variété, de grâce en tes récits !

C'en est fait, tous ces biens nous ont été ravis ;

Tu n'es plus, mais du moins privés de ta présence,

Ton souvenir toujours suivra notre existence.

v. 216.

FIN DU CHANT TROISIÈME.

Chant Quatrième.

⚜

Le Touron de Saint-Pic. — Le Pont de Berenx en 1787.
— Les Tours de Belloc. — Bidache. — Le Gave
d'Oleron. — Le Château d'Orte. — Tempête. —
Inondation.

⚜

En quittant ces beaux lieux, le Dieu donne un soupir

A ces grands Magistrats, au récent souvenir

Des deux hommes fameux dont les âmes actives,

Honneur de leur Pays et celui de ses rives,

Ont laissé des regrets qui s'accroissent toujours.

Il poursuit. Au-dessous, à gauche de son cours

v. 6.

Est un Pic isolé de forme circulaire ;

Son élévation, son aspect solitaire,

Au loin dans le Pays étendant son renom,

De Touron de Saint-Pic lui vaut le double nom.

Un ombrage voisin prête un abri facile

Pour la conque azurée et le coursier agile.

Au même instant, le Dieu s'élance sur le bord,

Laisse aux Tritons la garde, et prenant son essor

Jusqu'au sommet du pic il s'élance à la course ;

De là ses yeux, sa voix s'étend jusqu'à sa source ;

Et jusqu'au confluent où l'Adour orgueilleux

Triomphe, en recevant ce torrent si fameux.

Du pic, il voit Bérenx et son pont en ruine ; (1)

Quoique miné par l'âge il existe, il domine

Sur un lit de rocher d'affreuse profondeur.

L'étonnement ici se joint à la frayeur.

Quelle force en effet creusa cette ravine

Immense, d'un seul bloc ? La puissance divine

Du fils de Jupiter fameux par ses travaux,

Elle-même eût fléchi sous ces efforts nouveaux.

Le temps infatigable aidé de la nature

Seule a pu pratiquer cette immense rainure,

v. 28.

Nulle part d'aussi haut, le roc ne domina ;
Ses marbres soutiendroient les voutes de l'Etna,
Tant ils ont exhaussé leur masse impérieuse.
C'est là que l'on voit l'onde enfin silencieuse, (2)
Remplir entre ses bords ce canal étonnant.
Elle perd sa fureur, s'avance lentement
Et traverse un désert silencieux comme elle.

A son juste courroux trop constamment fidèle,
Le Dieu reste insensible à ce tableau frappant.
Les deux tours de Belloc, du paisible habitant
Du fortuné Béarn, protégeoient l'existence.
A l'abri de leurs lois ils coulaient en silence
Des jours heureux, pendant que les peuples voisins
De l'horreur des combats attendoient leurs destins.
Quatre cents ans, du port, ils purent voir l'orage, (3)
Mais leurs lois ont péri dans le commun naufrage.

Plus loin paroît Bidache où les nombreux Grammonts,
Nos protecteurs constans, ont consacré leurs noms,
Et de tous leurs portraits l'immense galerie :
Vous eussiez ennobli cette noble série,

v. 48.

Vous , exemple éclatant de courage et de foi ,

Guiche , qui combattiez et sauviez votre Roi ,

Si dans les hauts pensers sa grande âme ravie (4)

Eùt daigné consentir à prolonger sa vie.

Sorti des mêmes Monts, sous les mêmes Soleils ,

Le fier frère du Gave a des destins pareils.

En entrant dans la plaine il effleure au passage

D'Iseste le riant et gracieux village.

Là , les maîtres de l'art en proclament l'aveu ,

Hyppocrate revint sous le nom de Bordeu.

Il traverse Oleron , arrose Sauveterre,

Défend de Navarrenx l'enceinte militaire ,

Joint son frère. Tous deux vont baigner de leur eau

Les Terrasses , les Tours et l'antique Château

Du grand d'Orte. Ces murs unis à sa mémoire (5)

Ont conservé son nom et partagent sa gloire.

Mais du sommet du pic à ses transports jaloux

Le Gave abandonné , suit enfin son courroux.

Il lève le Trident. A ce signal funeste

Soudain a répondu la colère céleste.

v. 78.

Le jour fuit, la nuit tombe et sa sombre lueur (6)

Disparoît, et fait place à la profonde horreur.

Sur le fleuve obscurci les nuages s'étendent;

Les vents de tous côtés les poussent, les répandent;

Tout le Ciel retentit d'affreux mugissements,

La Terre lui répond par des frémissemens;

A grands coups redoublés l'on entend le tonnerre;

L'éclair sillonne l'ombre et fait trembler la terre.

Les animaux ont fui; descendu dans son cœur,

L'homme pour prix du crime y trouve la terreur.

Le Gave pousse un cri, du sommet des montagnes,

Les torrents aussitôt inondent les campagnes.

Sur la plaine, le Néez, la Juselle, l'Ourceau,

Le Hïez, le Lagou, jusqu'au moindre ruisseau

Ne connoît plus de bords, et franchissant ses rives

Couvre d'un noir limon les campagnes plaintives.

Les eaux du haut des Cieux s'épanchent par torrent;

La terre disparoît, et le vaste Océan,

Du puissant Dieu des mers secondant la colère,

Jusqu'aux murs de Henri soulève l'onde amère.

Les moissons ne sont plus, le triste laboureur

Ne peut plus espérer le prix de sa sueur.

v. 100.

Le fleuve désormais, mer immense et profonde
Couverte de débris, entraîne dans son onde
Les étables, les toits, les bergers, les troupeaux
Et le noble coursier et les vils animaux.

Le Dieu marchant d'un pas et d'un front redoutable,
Aidé de ses vassaux, du Trident formidable,
Renverse tous les ponts, sappe leurs fondements,
Et démolit ces murs, fragiles monuments,
Du chemin odieux qui causa sa colère.

Cependant le Ciel montre un aspect moins sévère;
Le nuage s'écarte, et les vents appaisés,
L'air devenu serein, les flots moins courroucés,
Laissent un calme heureux consoler la nature.

C'est ainsi que le Gave a vengé son injure.
Sa fureur assouvie et ses vœux satisfaits,
Du Cirque il a rejoint le sublime palais.

v. 116.

FIN DU CHANT QUATRIÈME ET DERNIER.

NOTES DU CHANT PREMIER.

*Je crois convenable d'ajouter quelques notes. Elles sont prin-
cipalement destinées à citer les Auteurs qui ont rectifié mes
observations, ou qui m'en ont fourni que je n'avais pas faites,
et les Poëtes que j'ai plus ou moins imités.*

Page 12. (1)

Mais sa masse à l'abri de ce léger nuage,

Plusieurs écrivains qui ont décrit le Cirque, ont parlé
de la Cascade comme d'un brouillard léger, une longue
pièce de gaze le jouet des vents. On se demande comment
ce brouillard, arrivant à terre, a pu creuser et s'ouvrir
le passage du pont de neige. J'ai suivi M. Dussaulx qui
me paroît avoir mieux observé que nous. Il en parle
aussi comme d'une grande voile, une mousseline; mais
il dit positivement que cette poussière, ce brouillard,
est autour d'un *centre condensé*. Voilà la masse d'eau
que j'ai adoptée, comme capable de se creuser un lit et
de former ce pont si fameux.

Page 13. (2)

Ses Nymphes près de lui, de leur urne d'Albâtre.

M. de Baure a vu onze de ces cascades inférieures. M. Samazeuil, dans ses gracieux *Souvenirs des Pyrénées*, n'en compte que sept. M. A. A., dans son Itinéraire aussi instructif qu'agréable, ne les énumère pas, ni M. Dussaulx, ni moi. Il est à croire que MM. de Baure et Samazeuil ont bien observé tous deux, mais en des saisons différentes, et que le nombre de ces chutes d'eau est en raison de la fonte des neiges et de leur abondance.

Même page (3)

Ne vois-tu pas, Iris, qu'un Nautonnier impie,

et les neuf vers suivans, déjà employés plus haut, dans les mêmes termes.

Répétition Homérique dans le message d'Iris. J'ai essayé de la supprimer. J'affaiblissois l'action et la rendois incertaine. Homère avoit quelque motif pour suivre cette règle, dont il ne s'est guère écarté. Ses messagers répètent mot à mot la commission dont ils sont chargés. Peut-être est-ce un modèle qu'il a voulu donner. S'il étoit suivi par les commissionnaires d'aujourd'hui, on éviteroit bien des mal entendus, et bien des quiproquos.

Page 14. (4)

Et le chêne orgueilleux dont la tête chenue,

L'image de ce chêne a été empruntée de Virgile par plusieurs Poètes. M. Delille, après avoir traduit ce passage, ajoute en note, que ces idées sublimes à la vérité, ont vieilli et sont devenues triviales à force d'être répétées. Il est vrai, et il devient difficile de les rajeunir par la tournure. — Voici Virgile traduit par M. Delille :

> Surtout le chêne altier, qui perdu dans les airs,
> De son front touche aux Cieux, de ses pieds aux enfers ;
> Aussi les noirs torrents, les vents et la tempête,
> En vain rongent ses pieds, en vain battent sa tête,
> Malgré les vents fougueux, l'orage et les torrents,
> Tranquille, il voit rouler le long cercle des temps.

Lafontaine a dit dans sa belle fable du Chêne et du Roseau :

> Le vent redouble ses efforts,
> Et fait si bien qu'il déracine ;
> Celui de qui la tête au Ciel étoit voisine,
> Et dont les pieds touchoient à l'empire des morts.

M. de Lamartine est venu après. Il a maintenu son chêne débout, comme avoit fait Virgile. — Voici son tableau :

> Tel un torrent fils de l'orage,
> En roulant du sommet des monts,
> S'il rencontre sur son passage,
> Un chêne l'orgueil des vallons ;
> Il s'arrête, il écume, il gronde,
> Il presse des plis de son onde
> L'arbre vainement menacé :
> Mais débout parmi les ruines,
> Le chêne aux profondes racines
> Demeure, et le fleuve a passé.

J'arrive enfin le dernier et à fruit cueilli. Je ne sais s'il est bien sage de me présenter à côté de ces grands modèles, et si j'aurai réussi à me soutenir. Le chêne de Lafontaine est déraciné par les vents, le mien ne devait céder qu'au Gave :

Et le chêne orgueilleux dont la tête chenue,
Les pieds dans les enfers va traverser la nue,
Qui des hyvers, des vents, triompha sans efforts,
Vient tomber à grand bruit et rouler sur tes bords.

Je demande pardon au lecteur de la longueur de cette note. Ce sera la dernière de ce genre. Je me contenterai, s'il y échoit, de renvoyer aux Auteurs.

Page 16. (5)

Il fut de ses sujets le Père et le Vainqueur.

Voltaire a dit :

Il fut de ses sujets le Vainqueur et le Père.

L'ordre naturel paroît d'abord mieux gardé. Celui que j'ai suivi n'est pas moins juste. Le bon Henri avant d'avoir vaincu ses sujets était déjà leur Père; il nourrissait les Parisiens révoltés, et qu'il tenoit assiégés.

Page 17. (6)

La Frazona toujours épanchera tes ondes,

J'ai fait précédemment sortir la Cascade, du Marboré. Les voyageurs varient aussi dans leurs récits. C'est que les eaux ont l'air de s'élancer du Marboré ou de la Frazona, suivant que l'observateur est placé.

NOTES DU CHANT SECOND.

Page 19. (1)

Tombent à Gavarnie en Cascades brillantes.

Le nombre en varie. Même observation que sur celles
du Cirque.

Page 21. (2)

Gèdre ouvre enfin au Dieu ses asiles charmants.

J'ai dépeint la grotte telle qu'elle étoit avant le désastre
de 1788. Plusieurs personnes qui l'ont vue depuis, assu-
rent que le désordre s'est en partie réparé, et que ce
beau lieu excite encore un sentiment doux et flatteur au
milieu des scènes sauvages où il est placé.

Page 24. (3)

On le croiroit du moins à la chute effroyable ,

J'accumule ici les épithètes, plus peut-être que je ne
l'ai déjà fait dans la description du Cirque. Je me justi-
fierai par l'exemple de Virgile , ce modèle éternel de

tous les genres de poésie dans lesquels il s'est exercé. Il dit de Poliphème :

Monstrum, horrendum, informe, ingens, cui lumen ademptum.

Monstre horrible, difforme, immense, et borgne ou aveugle, il n'avoit qu'un œil qui lui avoit été crevé par Ulisse. (Voyez, sur cette Cataracte de Scia, les *Souvenirs de M. Samazeuil*, et l'*Itinéraire des Hautes-Pyrénées*, déjà cités ci-dessus.

Page 25. (4)

Du fond du précipice une Tour s'élevant,

C'est l'*Escalette* ou l'*Echelle*. On en voit encore les ruines. Sept cents miquelets, en 1708, entreprirent de forcer ce passage ; ils y trouvèrent les Thermopiles. Une poignée de montagnards les précipita dans le Gave.

Page 27. (5)

De toutes parts on voit venir les animaux.

Voyez sur tout ce morceau le Chapitre V en entier de l'*Itinéraire de Hautes-Pyrénées*.

Page 28. (6)

La Perdrix blanche encor, qui modèle des mères,

Elle se présente au Chien et au Chasseur, en contrefaisant la boiteuse, pour les attirer à elle ; et quand elle a ainsi réussi à les éloigner de sa famille, elle part à tire d'aile pour l'aller rejoindre.

Page 29. (7)

L'Être couleur de feu qui souffle les orages ,

Cette croyance proviendroit-elle dans l'origine du buisson ardent de Moïse, des Tonnerres du Mont Sinaï, et de la défense faite aux Israëlites d'en approcher sous des peines si sévères ?

Page 38. (8)

Et le saut de Classun a passé dans l'histoire.

J'ai entendu contester la possibilité de ce saut et dire que M. de Classun n'avait fait que se laisser tomber ; s'il s'étoit laissé tomber, il se seroit tué infailliblement contre le talus du revêtement. Il dut choisir de l'œil pendant le jour, la place où il vouloit s'élancer pendant la nuit, avec quelque vraisemblance d'y arriver, sans se briser les membres. Quoiqu'il en soit, il réussit. Il renvoya le cheval au commandant du château, en le félicitant d'avoir un si excellent animal. Le Gouvernement, par égard pour l'intrépidité de M. de Classun, ferma les yeux sur son évasion.

Page 35. (9)

Discernant les Césars , les prenoit pour modèle,

Notre Henri avoit traduit les commentaires de César en entier. On put juger promptement, si c'étoit avec fruit.

Même page. (10)

Que je vis se former le meilleur des grands hommes.

Expression de M. de Baure. Il seroit difficile de mieux peindre Henri IV d'un seul trait. *(Notes manuscrites.)*

Même page. (11)

Des forces du génie effet prodigieux,

Tout le monde en Béarn connoît cette mécanique aussi simple qu'ingénieuse, dont M. Casenave est l'inventeur et qu'il dirige avec tant de succès.

Page 37. (12)

Par le meurtre et le vol et déjà teint de sang.

Tuer pour voler étoit toute la législation de ce temps-là.

NOTES DU CHANT TROISIÈME.

Page 41. (1)

Le Gave avoit baigné Bizanos et Gélos.

Voyez sur l'origine que je donne aux Béarnois, cette opinion plus développée par M. de Baure dans ses *Essais Historiques sur le Béarn*, page 35. Il est bien certain que les Grecs ne purent parvenir dans la plaine du Gave qu'en abordant ou dans le golfe de Lyon ou sur la côte orientale de l'Espagne. Mais comme ces mêmes noms Grecs se retrouvent dans les provinces limitrophes de l'Espagne, on doit penser que c'est par la Catalogne que les Grecs parvinrent en Béarn. La manière que je suppose n'est nullement invraisemblable.

Page 43. (2)

Arnaut de Berne auroit évité son destin.

D'autres écrivent *Arnaut de Béarn*. J'ai suivi Froissard. Cette histoire tragique n'est malheureusement que trop vraie. Lisez les détails dans Froissard même, ou dans la citation étendue qu'en a faite M. *Samazeuil* dans ses *Souvenirs de Pyrénées*.

5

Page 44. (3)

S'accroît, s'enfle, s'élève, et se précipitant,
Retombe..... Les rochers l'accueillent en grondant.

Delille a dit dans ses traductions des Géorgiques :

Un flot de loin blanchit, s'élève, s'enfle et gronde,
Soudain le mont liquide élevé dans les airs,
Retombe..... Un noir limon bouillonne sur les mers.

Je ne crois pas avoir porté trop loin le droit de l'imitation. Tous ceux qui ont vu l'ancienne digue d'Orthez
savent bien qu'elle ne pouvoit se rendre autrement. J'ai
peint d'après nature. Mais l'expression *retombe* et la coupe
du vers appartiennent à M. Delille.

Page 48. (4)

Le Làa, ton Fibrénus, le gardoit dans la plaine.

Le Làa baigne le château de *Baure*. Le *Fibrénus* arro-
soit une des maisons de campagne de *Ciceron*.

Même page. (5)

Il couroit *féconder* la *riante* prairie,
Et portoit dans son *sein* la fraîcheur et la vie.
Tum Pater omnipotens FOECUNDIS *imbribus œther,*
Conjugis in GREMIUM LÆTÆ *descendit.*

Virgile, *Géorgiques, livre* 2, *v.* 325.

C'est ce grand mariage de l'Air et de la Terre, qui m'a
donné l'idée du mariage en miniature du Ruisseau et de
la Prairie. J'ai souligné les expressions correspondantes
dans les deux langues.

NOTES DU CHANT QUATRIÈME.

~ ● ~

Page 52. (1)

Du pic , il voit Bérenx et son pont en ruine.

Ce pont est dépeint tel qu'il étoit en 1787. Ce beau
rivage commence à être dégradé par l'extraction des ma-
tériaux. Le canal est encore entier, et l'on peut dire que,
qui n'a pas passé le pont de Bérenx pendant que les eaux
sont basses , ne connoît pas le Gave.

Page 53. (2)

C'est là que l'on voit l'onde *enfin* silencieuse
. . . .
Elle perd sa fureur , s'avance lentement.

VIRGILE a dit : *Enéide , livre XI , vers* 492.

> *Qualis ubi abruptis fugit præsæpia vinclis*
> TANDEM *liber Equus , campo que potitus aperto.*

On remarquera que j'ai employé pour ralentir la marche
du Gave , la même expression que Virgile pour préci-
piter celle du cheval. J'ai souligné cette expression dans
les deux langues.

Même page. (3)

Quatre cents ans , du port , ils purent voir l'orage.

Voyez les *Essais Historiques* de M. de Baure , pages
492 et 493. Heureux , a-t-on dit , les peuples qui n'ont
pas d'histoire. C'est le Béarn. Aussi peut-on le féliciter
de la stérilité de ses annales. Il a eu la même durée que
la république de Sparte , avec une constitution et des
mœurs bien différentes ; elles portèrent leurs fruits chez
ces deux peuples. Les Spartiates furent célèbres , et les
Béarnois heureux.

Page 54. (4)

Si dans les hauts pensers sa grande âme ravie
Eût daigné consentir à prolonger sa vie.

M. de Baure dit dans ses notes manuscrites, *s'il avoit daigné consentir à vivre encorc.* Expression simple, d'un sentiment sublime, qui n'étoit que trop dans le cœur de l'infortuné Loüis XVI. C'est de là que vinrent tous ses malheurs et les nôtres.

Page 54. (5)

Du grand d'Orte ; ces murs unis à sa mémoire
Ont conservé son nom et partagent sa gloire.

Malheureusement ils tombent en ruines ; elles ont de la grandeur.

Page 55. (6)

Le jour fuit, la nuit tombe, et sa sombre lueur,

Je devais nécessairement finir par une tempête ; on en trouve dans tous les poètes, Homère, Crébillon, Voltaire, Saint-Lambert, Virgile dont la description a plus de rapport avec mon sujet. Je n'en ai imité aucune. J'ai souvent étudié la nature dans ces crises passagères. C'est elle que je me suis efforcé de peindre. Mais l'admirable trait de Virgile

Et mortalia corda
Per gentes, humilis stravit pavor.

m'a inspiré ces deux vers :

Descendu dans son cœur
L'homme pour prix du crime y trouve la terreur.

Je ne doute pas que cette pensée si morale ne fût la pensée de Virgile.

Le triste laboureur, dans un autre tableau, est encore de lui. *It tristis arator.*

LES MERS DU NORD

AU 77.me DEGRÉ DE LATITUDE.

LES MERS DU NORD

AU 77.me DEGRÉ DE LATITUDE.

Poëme en deux Chants;

*par M.r de D****.*

Il ne respire plus et ne vit plus qu'à peine.

A Pau,

É. VIGNANCOUR, IMPRIMEUR-LIBRAIRE.

1836.

A MONSIEUR

DE LABERGALASSE, ANCIEN OFFICIER AU RÉGIMENT
DE CAMBRÉSIS, CHEVALIER DE L'ORDRE ROYAL ET
MILITAIRE DE SAINT-LOUIS.

Monsieur et Cher Ami,

C'est à vous que doit être offert ce tableau
de l'amitié. Il y a trente-cinq ans que nous
nous aimons sans nuage. J'ai souvent remercié
la Providence du rare bonheur qui vous a fait
échapper au massacre général du noble corps
d'officiers dont vous faisiez partie. Cette Providence me réservoit un Ami. Je justifierois
aisément le sentiment qui m'attache à vous,
par la simple exposition des qualités qui l'ont
produit, si je ne savois avec quelle facilité
votre modestie s'allarme. Je ne parlerai donc

que de ce désintéressement si rare qui vous distingue, & parce que vous le possédez à un degré que je n'ai jamais connu dans un autre homme, & parce qu'il me paroît la source à-la-fois la plus pure & la plus sûre de la véritable amitié. Oui, je suis convaincu que si le cours des événements, ou ma propre imprudence, avoit fait de moi un Alfred, j'aurois eu aussi mon René.

Le B.ᵒⁿ de D....

AVERTISSEMENT.

L'événement qui fait le sujet de ce Poëme est des plus extraordinaires et peut-être unique dans les Annales Maritimes. Il en fut rendu compte dans le temps à l'Amirauté d'Angleterre. Plusieurs Journaux en ont parlé. Leur récit sert de fondement à une fable très-simple. — Deux jeunes gens s'aiment dès leur tendre enfance. En grandissant, l'un prend de la sagesse, l'autre de l'enthousiasme ; cette différence amène la catastrophe. Le fonds de la narration est donc historique et vrai. Le reste est vraisemblable.

LES MERS DU NORD.

Poème.

CHANT PREMIER.

*Alfred et René. — Leur enfance. — Leur amitié. — Leur
éducation. — Leur apprentissage maritime. — Leurs
voyages de conserve. — Le lever du soleil sur le rivage
de la mer. — Entretien des deux amis. — Leur sépara-
tion. — Départ d'Alfred. — Consternation de René.*

Entre les ports fameux qui protègent la France
Et jusques dans son sein vont porter l'abondance,
On compte Saint-Malo dont les heureux destins,
Firent naître en ses murs nos plus braves marins.
Cartier, qui de Colomb fut émule de gloire (1),
Et Duguay, si connu par Mars et la Victoire. (2)

v. 6.

Deux enfants qui, comme eux, braveront les hazards,

Naguères y fixoient les avides regards.

Le jeune Alfred, René, simples, sans artifices,

De leurs tendres parents les plus chères délices,

L'espoir de leur vieillesse et le charme des yeux.

Ces enfants, et leur grace et leurs talents heureux,

Leur amitié surtout aussi vive que tendre,

Enlevoient tous les cœurs qui pouvoient en attendre

Un modèle nouveau des sentiments divins,

Que trop peu de grands noms ont transmis aux humains.

Cloridan et Médor, Nisus, son Euriale;

Ces héros sont fameux, mais René les égale.

Pilade avec Oreste éprouvés si long-temps;

Leur constance n'eut point étonné nos enfants.

De deux ans plus formé, fier de cet avantage,

René de son ami protégeoit le jeune âge;

Aux courses, au gymnase, écartoit ses rivaux;

Dans les assauts d'esprit tous deux étoient égaux.

Avides de savoir, cette ardeur empressée,

De Rennes promptement leur ouvrit le Lycée.

Là devenus rivaux, leur émulation

Ne put de ces deux cœurs altérer l'union.

v. 28.

Quittes du rudiment, de ses inquiétudes,

Toujours amis, après de brillantes études,

Saint-Malo les revit l'un et l'autre en son sein.

De leurs pères pour eux quel sera le dessein?

Les enfants opteront et la mer les attire.

Sur le même vaisseau tous deux goûtent l'empire

Que leur naissant courage exerce sur les mers.

L'imagination embrasse l'univers;

En elle que ne peut la chaleur du jeune âge?

Dans ces premiers essais d'ardent apprentissage,

Ils font voir à l'envi l'essor de leur talent;

Ce qu'ils ont de commun, d'égal, de différent.

Plus prompt, plus vif, plus fier et d'une extrême audace,

Alfred paroît d'abord à la première place;

Grand, découplé, svelte, un aigle audacieux

N'a pas plus de grandeur, plus de feu dans les yeux.

Chacun en est charmé, ce grand air les transporte.

Plus mesuré, plus doux, d'une trempe aussi forte,

Perçant dans l'avenir, René sait le juger,

Et toujours de sang-froid, il brave le danger.

Alfred entrainoit tout par son feu, sa faconde,

Et René s'attiroit une estime profonde.

v. 50.

A ces heureux essais en succède un nouveau;

Chacun des deux amis commande son vaisseau;

Ils marchent de conserve et ces derniers voyages

Embrassent les deux mondes et leurs diverses plages;

Le sort leur a souri; matelots, armateurs,

Capitaines, des mers ont bravé les fureurs.

La fortune sur eux épuise ses largesses;

Ils sont récompensés par d'immenses richesses,

Par la gloire, et bientôt les plus vastes desseins

Ne pourront se fier en de meilleures mains.

Un jour nos deux amis, dès l'aube matinale,

Alloient revoir la mer quelquefois si fatale.

Ils marchoient vers l'Ouest, au-devant d'eux, la nuit

Dans ses voiles obscurs s'enveloppe et s'enfuit.

Mais derrière eux, le jour et les brillantes heures

Ouvroient les portes d'or des célestes demeures;

Le soleil élançoit ses coursiers éclatants,

Et son char enflammé répandoit par torrents

D'innombrables rayons de brûlante lumière;

Ses feux ranimoient l'air et la nature entière;

Les flots étinceloient, et le Ciel le plus pur

Couvroit l'immense mer de son immense azur.

« La vois-tu, dit Alfred, elle envahit la plage.

» Elle vient à nos pieds, c'est pour nous rendre hommage.

» Mais veux-tu jusqu'au fond que je t'ouvre mon cœur?

» Nous avons jusqu'ici trop peu fait pour l'honneur;

» Sur la terre, René, sur la mer où nous sommes,

» Ce n'est pas l'intérêt qui produit les grands hommes;

» Non ce n'est pas ainsi, que Cartier, que Colomb,

» Que Duguay l'invincible, ont conquis leur renom.

» La paix règne, Duguay régnera sans partage;

» Mais le Globe nous reste, et ce fameux passage

» Cherché si vainement est encore à trouver.

» D'autres ont commencé, c'est à nous d'achever.

» Oui, René, c'est à nous, et si tu m'en veux croire,

» Laissons quelques momens le profit pour la gloire.

» Les premiers Nautonniers ne pouvoient pas courir

» Dans un sentier nouveau qui venoit de s'ouvrir.

» Un été froid, de Cook put arrêter l'audace;

» Clerke, malade, prit timidement sa trace;

» Les Hollandois marchant à pas moins mesurés,

» Hyvernent au Spitzberg par quatre-vingts degrés.

» De l'Occident à l'Est courant la Mer Glaciale, (3)

v. 93.

» Les Russes n'ont-ils pas franchi cet intervalle ?

» Traversé le détroit que Cook tentoit en vain,

» De ce fameux passage accompli le destin,

» Et triomphants, portés par une ardeur divine

» Librement navigué dans les mers de la Chine.

» Jusques au Pôle, osons, pénétrons l'Océan;

» Voguons sans hésiter, puis prenant l'Occident,

» Parcourons tout le Nord du nouvel hémisphère :

» Davis, Baffin, Hudson, ont trop cherché la terre;

» Tenons la haute mer, et bravant son courroux,

» Osons, je le répète, et la palme est à nous. »

« — Alfred, un cœur aussi bat dans cette poitrine (4),

» Tu parles, et je sens cette chaleur divine, »

Dit René, qui s'arrête et médite un moment;

Il prend la main d'Alfred et poursuit gravement :

« Tu viens de citer Cook, imitons sa prudence;

» C'est la sonde à la main que ce grand homme avance;

» Un seul oubli trancha sa vie et ses succès. (5)

» Je crois pouvoir aussi soigner nos intérêts,

» N'oublier nul devoir, car telle est la vraie gloire,

» Voir l'armateur heureux et nos noms dans l'histoire.

« Mais Alfred, je te vois déjà prêt à partir.

v. 115.

» Tu ne partiras pas sans me faire avertir.

» Tu m'attendras—Mais.... non... René.... ton carénage

» Peut-être pour long-temps te retient au rivage,

« Mais pendant que tu vas terminer tes apprêts,

» Moi je vais m'occuper seulement d'intérêts;

» Que cependant ces mots restent dans ta mémoire,

» Seul pour le vil profit, je t'attends pour la gloire;

» Rien de grand ne sauroit être entrepris sans toi.

» — Cher Alfred, je le veux, je le sens, je le croi.

» Cependant nous avions joint notre destinée;

» Que ce coup est sensible à mon âme étonnée!

» C'est la première fois que nous nous séparons;

» Et qui sait si jamais nous nous retrouverons?

» Alfred... reste... attends-moi. » La remontrance est vaine,

Il demeure inflexible et son destin l'entraîne.

Mais son vaisseau l'attend et déjà loin du bord;

René, le cœur serré, le conduit jusqu'au port:

Il l'embrasse, l'étreint, l'arrose de ses larmes;

Tout son cœur se décèle et trahit ses allarmes:

Alfred saisi, touché, répond à ce transport,

Des bras de son ami s'arrache avec effort,

v. 136.

L'embrasse encore ; enfin la chaloupe légère

Reçoit son chef agile, et soudain l'onde amère,

Sous l'effort des rameurs unanime et puissant,

Le transporte au vaisseau presqu'au même moment.

Le vaisseau part, il court, fend la plaine liquide ;

Ses flancs battus des flots et sa marche rapide,

Laissent loin en arrière un sillon blanchissant.

Telle et moins prompte, au cri de l'autour menaçant,

A toute aile fend l'air la colombe craintive ;

Ainsi la nef d'Alfred s'élance fugitive.

L'éclat du bâtiment, l'ardeur des matelots,

Leur commandant superbe et son port de héros,

Au souffle d'un air frais les flammes voltigeantes,

Mille cris renvoyés des rives triomphantes,

Ont gonflé tous les cœurs d'un orgueil insensé.

Malheureux ! à vos yeux si le sort courroucé,

Levoit de l'avenir le voile impénétrable,

Peut-être, hélas ! trop tôt, votre voix lamentable

Changeroit ce triomphe en cris de désespoir.

Mais déjà nos amis ne peuvent plus se voir.

Interdit, accablé par un sombre présage,

René s'éloigne enfin et quitte le rivage.

v. 158.

FIN DU CHANT PREMIER.

CHANT SECOND.

≳ ● ≲

René se dispose à aller à la recherche de son ami. —
Difficultés qui le retardent. — Il tombe malade. — Ses
songes. — Un an s'est écoulé. — Il part enfin. — Détail
de son voyage. — L'Angleterre et l'Écosse. — Le
Malstrom. — Recherche en Islande. — Éruption du Mont
Hécla. — Le Groenland. — Tableau des mers du Nord
au 77.me degré de latitude. — Il retrouve Alfred. —
Dans quel état. — Son désespoir. — Sa résignation. —
Sa prière.

←⊞→

Mais René quoiqu'en proie au noir pressentiment,
Bien loin de se livrer à son abattement,
Dans son cœur oppressé relève le courage.
Il réfléchit, calcule, enfin il envisage
Les chances de succès qu'Alfred pourroit avoir;
Ce qui combat pour lui, ses talents, son savoir,

v. 6.

2

Ses longs trajets de mer, déjà l'expérience,

Ce coup d'œil sûr et prompt, cet air, cette éloquence

Qui lui faisoit mouvoir les hommes à son gré.

Un équipage actif, vigilant, dévoué :

Il ne craint donc pour lui que cette âme enflammée

Et cette ardente soif d'immense renommée.

« Ah ! disait-il alors, j'ai su le modérer ;

» Vif, prompt, impétueux, il pouvoit s'égarer,

» Mais jusqu'ici ma voix l'avoit trouvé docile :

» Hâtons-nous, abrégeons ce séjour inutile ;

» Allons à lui ; si tout ne se peut conserver,

» Ne songeons qu'à lui seul et courons le sauver. »

Il dit et de ce pas il vole hors la ville,

Au port, où dirigé par une tête habile,

L'ouvrier diligent réparoit le vaisseau

Que René doit monter pour braver de nouveau,

Sur le vaste Océan, les vents et les orages.

Mais, hélas ! que la mer a causé de ravages !

Les eaux, les vers, le temps ont agi de concert.

Le malheur de René paroît à découvert,

Ainsi que du vaisseau la profonde carie ;

« Hélas ! toute espérance est-elle donc ravie ?

v. 28.

» Cher Alfred, ton René pourra donc te manquer!

» Mes amis, si je puis assez tôt m'embarquer,

» Le fruit de mes travaux, patrimoine, fortune,

» Tout est à vous. » Il dit, d'une ardeur non commune,

Plus touchés de ses pleurs que de leurs intérêts,

Ils redoublent de zèle et hâtent les apprêts.

Mais un plus grand malheur exerce sa constance :

La noire inquiétude, avec l'impatience,

Le chagrin, la fatigue allument dans son sang

La fièvre dévorante et le transport brûlant.

Le souvenir d'Alfred exerce un dur empire

Sur son corps affoibli, sur sa tête en délire.

Tantôt il croit le voir une palme à la main ;

» Tu la vois, cher René, tel étoit mon destin. »

Tantôt mêlant le vrai qu'on trouve dans les songes,

A la bizarre erreur de leurs grossiers mensonges,

Il aperçoit Alfred tout couvert de frimats ;

Il lui parle, il le voit, mais il ne l'entend pas.

Son aspect lui paroît insensible et farouche.

Dédaigneux, aucun mot n'est sorti de sa bouche.

Tantôt il le contemple aux champs Elysiens

Sous des ombrages frais, dans les doux entretiens,

v. 40.

Au sein du vrai bonheur apanage des justes ;

Il admire ses traits et ses formes augustes.

René guérit enfin , mais ce songe allarmant,

En affectant son cœur, troubloit son jugement.

Il en garda depuis une sombre tristesse.

Cependant le temps vole et s'écoulant sans cesse,

Et dévorant les jours, les mois et les saisons,

Celle propre au repos, celle propre aux moussons,

La lune douze fois au haut du Ciel montée,

Avoit donné, repris, sa lumière empruntée,

Et le soleil avoit éclairé de ses feux

De ses douze palais les pavillons pompeux.

René dirige au Ciel ses ardentes prières ;

« O Père des humains! ô source des lumières!

» Seigneur, daigne aujourd'hui guider mes pas errants:

» Que je retrouve Alfred et mes vœux sont contents.

» Et toi des matelots, puissante protectrice,

» Intercède pour nous, viens et sois nous propice

» Vierge Sainte, au retour, je fais le vœu formel (6)

» De visiter ton temple et d'orner ton autel. »

Il dit, on lève l'ancre, et sa charge pesante

v. 71.

Repose lourdement sur la poutre tremblante.

Les vigilants marins ont placé les agrès;

Un moment leur suffit pour les derniers apprêts;

La vergue se balance, elle suspend les toiles :

Le vent souffle, soudain l'on voit s'enfler les voiles,

Le noble pavillon s'agiter dans les airs,

Et le vaisseau glisser sur la face des mers.

René trouve d'abord ces côtes blanchissantes

Que battent follement les vagues mugissantes.

Son cœur François frémit à l'aspect d'*Albion* :

La blancheur de ses rocs lui conféra ce nom.

Sa haine mercantile, orgueilleuse et rivale,

Non moins qu'aux étrangers, aux siens même est fatale(7)

Suit l'Ecosse et ses monts et ses rochers brumeux,

Que Walter-Scott naguère a rendus si fameux.

Parvenu plus avant son amitié s'allarme;

Il redoute qu'Alfred entraîné par le charme

Qu'un noble cœur éprouve à braver le danger,

Imprudent, de trop près n'ait osé s'engager

Dans le gouffre vorace où tombent ses victimes,

Même avant d'avoir pu soupçonner ses abimes,

v. 92.

La terreur des Nochers, le trop fameux Malstrom (8)
Dont Charibde jadis usurpoit le renom.

Pendant que le soleil combattant la nuit sombre,
Tour à tour est vainqueur et périt sous son ombre,
Dans les froids du Verseau, dans l'ardeur du Lion,
Le gouffre affreux dévore et roule en tourbillon ;
Trois fois il engloutit sous ses roches profondes,
Dans ses vastes contours, l'Océan de ses ondes,
Et bouillonnant sans cesse en ses fonds caverneux,
Trois fois les revomit et les relance aux Cieux.
Aussi l'élan, le cerf qui quitte le rivage
Cherchant des bords plus doux, un climat moins sauvage,
Et l'homme, et les vaisseaux, et les monstres des mers,
Tout périt, l'oiseau seul s'échappe dans les airs.

René bientôt parti de ces bords formidables,
Découvre de l'Hécla les sommets redoutables.
L'Islande le reçoit. « Alfred est-il venu ? »
Il avoit espéré l'y trouver retenu.
Aux habitants, René s'informoit de sa trace ;
Quels étoient ses discours, ses plans, ou son audace
Dût-elle le guider ? Il parloit, et soudain

v. 113.

S'élève un bruit affreux, concentré, souterrain, (9)

Les vents lointains et sourds ainsi se font entendre;

Une horrible lueur commence à se répandre;

Les rochers, les métaux dans l'Hécla renfermés,

Et dissous dans son sein bouillonnent enflammés;

Et bientôt le volcan par ses bouches fumantes

Lance au Ciel et sa flamme et ses laves brûlantes.

Les cendres par torrents obscurcissent les airs,

Couvrent et le navire et la terre et les mers;

Le mont entier s'ébranle en secousses terribles,

Et ses mugissements les rendent plus horribles.

René fuit, il connoit l'antique éruption

Où périt ce Romain qui nous légua Buffon. (10)

Il fuit à la lueur de ce fanal immense

Qui s'étend jusqu'au Pôle, et que l'Hécla commence.

Mais bientôt il parvient aux hautes régions,

Où la crainte de l'homme et des mortels harpons,

Repousse vers le Nord la pesante baleine,

Monstre prodigieux, dont la mer peut à peine,

Calmer la faim vorace et tenir dans son sein, (11)

La vaste corpulence et le nombreux essaim.

v. 134.

Du Groenland, René suit la côte glacée;

Nulle lettre d'Alfred n'avait été laissée.

On ignorait son nom à Nosag, Rittemberg, (12)

Closaven, « Mais Alfred a parlé du Spitzberg;

» Peut être rebuté de chercher le passage,

» A-t-il repris un plan moins extrême et plus sage;

» Visitons le Spitzberg, allons, rien à demi,

» Ou périr dans ces mers, ou trouver mon ami. »

Les obstacles naissoient : sous un chef moins habile,

L'équipage auroit pu se montrer indocile,

En parages si hauts, dix degrés au-delà (13)

De cette île fameuse où s'enflamme l'Hécla.

Mais ils savent René d'une prudence extrême,

Et plus occupé d'eux qu'il ne l'est de lui-même.

Déjà de tous côtés la glace s'annonçoit;

Avec plus de lenteur le vaisseau s'avançoit;

La nuit survient, dès-lors il demeure immobile;

Le vent fatigue en vain une voile inutile.

Il tombe. Le jour luit. On voit de toute part,

De monts et de rochers formidable rempart,

D'un immense glacier la masse impénétrable:

Cette masse mobile, imminente, effroyable,

v. 156.

Pouvoit en un instant écraser le vaisseau ;

Un souffle auroit suffi. Dans ce péril nouveau,

Deux nuits, deux jours mortels à la fin s'écoulèrent :

A la troisième nuit, les autans se troublèrent.

On entend tout à coup d'horribles craquements,

Ces masses se brisoient, et déchiroient leurs flancs

Par des éclats affreux plus forts que le tonnerre ;

Jamais pareil fracas n'épouvanta la terre.

O prodige ! Ces monts, ces rochers dégagés,

Apparoissent au jour sur deux files rangés,

Développant entre eux une mer étendue,

Libre, unie, aussi loin que peut porter la vue.

Mais du sommet du mat le mousse vigilant,

Aperçoit un objet qu'il signale à l'instant ;

« Une voile. » Ce mot se répète au plus vite,

Il parvient à René ; René se précipite,

Portant entre ses mains le tube observateur.

Il le dirige. « O Ciel ! telle étoit la grandeur,

» Et la forme et le port ; mais quels affreux ravages !

» Son pavillon, ses mats, ses agrès, ses cordages,

» Tout est détruit..... Malgré ses voiles en lambeaux,

» Le vaisseau marche encore et sillonne les eaux,

v. 178.

» Il vogue..... Un bloc glacé l'arrête dans sa course.....

» De cet étrange état quelle seroit la source?

» Quel est ce bâtiment? Voyons. » L'esprit troublé,

René dans son esquif s'y transporte accablé.

De six puissants rameurs l'ardente obéissance,

Paroit encor trop lente à son impatience.

Il appelle de loin, personne ne répond.

Dans ce vaisseau tout garde un silence profond.

Il approche du bord, une foible ouverture

Fait voir confusément un bureau d'écriture;

Un homme assis tenoit une plume à la main;

On écarte la neige, on descend, mais soudain

Au travers des dégrés René se précipite;

Un horrible frisson le saisit et l'agite:

Des hommes sont couchés à l'entour du dégré,

Ils sont morts, et près d'eux un chien est expiré.

Le chien d'Alfred. O Ciel!.... un rayon le console.

« Cet homme..... il écrivoit..... C'est Alfred. » Il y vole.

Il le retrouve assis et la plume à la main.

Le bureau, le registre. » Ah! m'en voilà certain. »

Il court. « O mon Alfred! Oui c'est toi, je respire,

» Tu vis... Mais tu te tais... N'as-tu donc rien à dire? » (14)

v. 200.

Toi René! que fais-tu? Malheureux insensé!

Tu ne tiens dans tes bras qu'un cadavre glacé.

Il les ouvre bientôt et le cadavre tombe.

« Dieu! Dieu!... que n'ai-je pu descendre dans la tombe

» Lorsque ce songe, hélas! trop vrai vint m'avertir!

» Mais à t'abandonner ai-je dû consentir?

» O! qui l'eut pu prévoir cette heure infortunée?

» Et que notre amitité du Ciel fut condamnée,

» Cher Alfred! » Sur son front, son front est attaché;

Sur ce corps insensible il demeure penché;

Il ne respire plus, et ne vit plus qu'à peine.

Enfin il se ranime, et reprenant haleine,

« Alfred! mon cher Alfred! ô malheureux ami!

» Puisse-je te rejoindre!.... Allons, sortons d'ici. »

Il s'écarte. On le suit dans un profond silence,

Et déjà leur salut veut de la diligence.

René s'éloigne enfin de ce lieu désolant,

Des montagnes de glace, et du tombeau flottant

Qui renferme d'Alfred, ô penser effroyable!

Et de ses compagnons le reste déplorable.

Il frémit à l'aspect de ces calmes profonds,

v. 221.

De ces pics, de ces rocs, des neiges, des glaçons,

Dont Alfred méprisa la salutaire crainte.

Tenant la haute mer et voguant sans contrainte,

Il se fait apporter le livre de douleur.

L'infortune y traça jour par jour son malheur.

Le malheureux Alfred s'y peint en traits de flamme,

Qui saisit, qui pénètre, et qui déchire l'âme:

Tout moment est fatal et voit rompre un lien,

Un jour des matelots, le lendemain son chien.

Parfois impatient, il détestoit la vie;

Parfois il gémissoit qu'elle lui fut ravie;

Le feu meurt; nul effort ne le peut ranimer, (15)

Par le froid, par la faim tout se voit consumer. (16)

Sa plume en longs détails retraçoit son supplice,

Et de son procédé condamnoit l'injustice.

« O Dieu! pourquoi, pourquoi n'ai-je pas attendu?

» Eh quoi! n'est-il plus temps?... tout est-il donc perdu?...

» René! mon cher René, mon protecteur! mon père!

» Que ne t'ai-je accueilli d'une voix moins sévère!

» Et vous tous malheureux, tous commis à ma foi,

» Vos parents, vos amis s'en reposoient sur moi.

» O désirs insensés! ambition coupable!

v. 243.

» Depuis dix-sept jours la glace insurmontable....

» Il faut donc renoncer à jamais se revoir.....

» Je ne te verrai plus.... C'en est fait.... Plus d'espoir...»

Ces mots ont terminé la fatale écriture. (17)

A peine il achevoit sa pénible lecture,

Debout, levant au Ciel ses yeux baignés de pleurs,

L'équipage à genoux, partageant ses douleurs,

Secondant par des vœux sa fervente prière ,

Ii répand en ces mots son âme toute entière.

« Seigneur, dont tant de fois j'ai prononcé le nom,

» Ce n'est point par murmure et mon intention,

» Ne connoit d'autre loi que l'humble obéissance;

» Je bénis ta colère ainsi que ta clémence.

» O Dieu conservateur! ton bras m'a soutenu

» Dans ces mêmes périls qu'Alfred n'a pas connu,

» Je t'implore. Qu'objet d'une barbare joie (18)

» D'aucun monstre des mers son corps ne soit la proie.

» De l'inexpérience épouvantable écueil,

» Que ces glaces du moins lui servent de cercueil.

» Approuve, Dieu puissant, ma tendresse timide ;

» Que d'un bloc de ces mers l'immense pyramide (19)

v. 264.

» Renferme mon Alfred dans son vaste glacier :

» Que jusqu'au dernier jour il le conserve entier,

» Dans un repos constant, exempt de tout outrage :

» Que ta bonté, Seigneur, à mon tour m'envisage ;

» Lorsque mes compagnons, confiés à mes soins,

» Des peines de mon cœur trop sensibles témoins,

» Rendus à leurs parents, sains et saufs, pleins de vie,

» Je me retrouverai quitte envers ma patrie ;

» Après m'avoir sauvé de cet affreux danger,

» Seigneur, retire-moi, daigne me dégager

» Des craintes, des malheurs, des douleurs de la vie ;

» Qu'avec l'âme d'Alfred mon âme soit unie ;

» Nous fûmes, tu le sais, dociles à ta loi ;

» Accorde-nous la paix qu'on ne trouve qu'en toi. »

v. 273.

FIN DU CHANT SECOND ET DERNIER.

NOTES DU CHANT PREMIER.

Vers 5 (1).

Cartier qui de Colomb fut émule de gloire.

Cartier découvrit le Canada et y fit plusieurs voyages.

Vers 6 (2).

Et Duguay si connu par Mars et la Victoire.

René *Duguay-Trouin*, lieutenant-général des armées navales. Tout le monde le connoit en effet, ou peut le connoitre et le juger par ses Mémoires, dont la précision, la rapidité, la clarté, la simplicité seroient avouées par César : mais ce grand homme y démontre, sans y songer, un caractère bien supérieur à celui de ce fameux Romain.

Vers 93 (3).

De l'Occident à l'Est courant la Mer Glaciale
et suivants.

Cook avoit passé le détroit qui est situé au 67.ᵉ degré et avoit pénétré jusqu'au 71.ᵉ où les glaces l'arrêtèrent. Il marchoit du Midi au Nord. Alfred fait traverser le détroit aux Russes du Nord au Midi pour se rendre dans les mers de la Chine. Mais Alfred dans ce discours de jeune homme donne comme positif un fait incertain et peu vraisemblable.

Vers 105 (4).

Alfred, un cœur aussi bat dans cette poitrine.

Est hic est animus lucis contemptor.

VIRGILE, Eneïde, liv. 9, vers 205.

Vers 111 (5).

Un seul oubli trancha sa vie et ses succès.

Cook vouloit emmener sur son bord le roi de l'île d'Owihée et l'y retenir comme otage jusqu'à la restitution d'une chaloupe que les insulaires lui avoient dérobée. Il périt dans cette entreprise pour ne l'avoir pas soutenue par une force assez respectable. C'est l'oubli dont il est taxé par René.

NOTES DU CHANT SECOND.

Vers 69 (6).

Vierge Sainte, au retour je fais le vœu formel.

Ces vœux ont lieu fréquemment dans les voyages maritimes de long cours. On voit bien par cette prière que le pauvre René n'étoit pas philosophe. C'était un bon garçon tel qu'il est dépeint dans les premiers vers, *simple* et *sans artifice ;* un peu épais, il ne comprenoit point les subtilités ; un peu sourd, il n'entendoit que les grosses cloches. Il voyoit que dans l'univers tout est disposé avec intelligence, et il croyoit à l'intelligence. Il trouvoit que l'histoire de son temps et celle de tous les temps et de tous les peuples, rouloit sur la moralité des actions des hommes, et il croyoit à cette moralité. Il voyoit toute la terre réunie dans une même croyance, et il chantoit avec toute la terre : *Te œternum patrem omnis terra veneratur.... tibi cœli,* etc. — Comme il trouvoit son esprit peu étendu, même borné, il ne prétendoit pas résoudre les difficultés, mais pour cela il ne renonçoit pas aux choses claires. Semblable au célèbre La Condamine qui disoit aux Philosophes :

> Je m'en tiens donc à *la difficulté*
> Et je vous laisse à vous *l'absurdité.*

Vers 84 (7).

Non moins qu'aux étrangers aux siens même est fatale.

Témoin l'oppression de l'Irlande, celle des Etats-Unis d'Amérique avant leur émancipation, le monopole de l'Inde, etc. On doit sentir que je ne parle ici que du gouvernement et non de la nation Anglaise qui a donné de nos jours tant de preuves d'humanité et de générosité, dans les malheurs occasionnés par la révolution Françoise.

Vers 93 (8).

La terreur des Nochers, le trop fameux Malstrom.

L'orthographe régulière est Maëlstroom. Je l'ai réduite pour la commodité de la prononciation. Il y a diverses

opinions sur ce gouffre ; d'abord celle que j'ai exprimée
dans mes vers qui est la plus ancienne. Depuis, Guillaume
de Lisle dans ses excellentes cartes a inséré cette note.
« Le Maëlstroom où l'on ne peut naviguer que dans
» un temps calme. » Plus tard le Dictionnaire Géogra-
phique de Vosgien s'exprime ainsi : « Ce gouffre est plus
» célèbre que dangereux, les vaisseaux bons voiliers le
» bravent aujourd'hui et le traversent exprès diamétra-
lement. » Voilà qui est rassurant, mais le naufrage du
schooner écossois, *la Jeune Suzanne*, qui fut englouti
corps et biens par le Malstrom, force à conclure qu'il
est plus sage d'éviter ce gouffre que de le braver. La
Revue Britannique, du 1.er janvier 1836, donne les
détails de cet événement, raconté par un des marins qui
montoit *la Jeune Suzanne* et qui eut le bonheur inouï
d'être rejeté vivant par le tourbillon. Sa force d'attraction
s'étend à une distance étonnante et son bruit s'entend
de plusieurs lieues

Vers 114 (9).

S'élève un bruit affreux, concentré, souterrain.

Voyez dans Virgile la description d'une éruption de
l'Etna :

Sed horrificis juxta tonat Etna ruinis.
Eneïde, liv. 3, vers 572 et suivants.

Vers 115 (10).

Où périt ce Romain qui nous légua Buffon.

Pline le Naturaliste qui commandoit la flotte de Misène
s'étant approché trop près du Vésuve pour en observer
l'éruption, périt étouffé par les cendres que vomissoit
le volcan. (*Voyez* les lettres de *Pline le Jeune* son neveu.)

Vers 122 (11).

Nourrir la faim vorace et tenir dans son sein.

Le nord-capre ne peut se rassasier qu'en avalant par jour un million de harengs. On trouva dans le ventre d'une baleine ensablée six cents morues, beaucoup d'oiseaux aquatiques et une provision de harengs de plusieurs tonnes. (*Voyez* les recherches sur les américains, par M. *de P*..., tom. 1.er, pag. 249 et 250.)

Vers 126 (12).

Noosoag, *Rittemberg*, *Claushaven*. Etablissements Danois sur la côte du Groenland. J'ai altéré l'orthographe de ces noms par la même raison que ci-dessus.

Vers 134 (12).

En parages si hauts, dix degrés au-delà.

Le cap-nord de l'Islande est au 67.e degré de latitude, dix degrés de plus, font les 77 portés dans la relation du capitaine Warens, insérée dans les journaux.

Vers 189 (14).

.... Oui, c'est toi, je respire,
Tu vis.

Ce cadavre paroissoit vivant. (*Voyez* la relation.)

Vers 222 (15.)

Le feu meurt ; nul effort ne le peut ranimer.

On trouva dans l'entre-pont un jeune homme assis sur le plancher tenant d'une main une pierre et de l'autre un briquet. Devant lui étaient plusieurs morceaux d'amadou.

Vers 223 (16).

Par le froid, par la faim tout se voit consumer.

Il n'y avait dans tout le vaisseau ni comestible ni combustible.

Vers 237 (17).

Ces mots ont terminé la fatale écriture....

Plus d'espoir sont, en effet, les deux derniers mots du journal de route.

Vers 249 (18).

.... Qu'objet d'une barbare joie.

Gaudet hians immane.

Virgile, Eneïde, liv. X, vers 726.

Vers 254 (19).

Que d'un bloc de ces mers l'immense Pyramide.

Allusion aux Pyramides d'Egypte qui étoient des tombeaux.

LE REQUIN

OU

LA CHAUMIÈRE INDIENNE.

LE REQUIN

OU

LA CHAUMIÈRE INDIENNE.

Poème,

*par M.^r de D****.*

Monstrum horrendum.
VIRG. Enéïde.

A Pau,
É. VIGNANCOUR, IMPRIMEUR-LIBRAIRE.

1836.

A Monsieur Victor Maze, négociant.

———

MONSIEUR ET CHER PARENT,

Vous êtes nageur, vous êtes plongeur, adroit, vigou-reux, intrépide. Que de titres de ressemblance doivent vous faire accueillir mon Osmin, sans parler de ce cœur tendre et paternel qui vous est commun avec lui. Et quel défenseur n'auroit pas en vous votre petit Eugène, s'il tomboit dans quelque danger dont votre intervention put le garantir ? Ce n'a pas été mon seul motif pour vous dédier cet opuscule. Je compte encore la tendre amitié qui m'unit à vous depuis votre enfance et que l'estime vint fortifier dès que vous eûtes atteint l'âge d'homme. Recevez donc cette preuve d'un attachement qui durera autant que ma vie et peut-être même au-delà. Pourquoi non ? et qui oseroit affirmer que la meilleure partie de nous-même ne conserve pas ses affections, lorsqu'elle est séparée de celle qui n'est pour elle qu'un embarras et un empêchement ? Ce sont mes désirs comme mon espérance.

LE B.^{on} DE DISSE.

AVERTISSEMENT.

L'Oriental Annuel *a donné les détails du combat d'un Indien contre un Requin qui avoit dévoré son fils. Les auteurs de l'histoire naturelle racontent des faits pareils, et même disent que des hommes entiers ont été tirés vivans du corps des Requins. Tous les traits du tableau que j'ai tracé, quoique extraits de faits divers et de différens ouvrages, sont donc d'une exacte vérité. Il ne m'en a coûté que de les réunir pour en former un faisceau.*

LE REQUIN.

POÈME.

Aux lieux où le soleil en naissant voit l'Asie,
Et lui rend à la fois la lumière et la vie,
Osmin, bon Musulman, fidèle, homme de bien,
Habitoit sa chaumière et cultivoit son bien.
Il aimoit sa Fatmé d'un amour sans égale.
Il ne voulut jamais lui donner de rivale. (1)
Ali fut le seul fruit de leur sainte union :
Huit printemps l'avoient vu croître dans leur maison;
Les graces de l'enfant et le cœur de la mère,
La gaîté, le courage et le sang-froid du père
Sobre dans ses plaisirs, modéré dans ses vœux,
D'un bonheur continu rendoit ces cœurs heureux.

Des bambous rapprochés clôturoient leur asile ;

La feuille du palmier couvroit leur toit tranquille

Contre les feux du jour et l'autan pluvieux.

A l'entour, un jardin qu'Osmin laborieux

Du travail de ses mains savoit rendre fertile.

Madras, où l'on se rend par un chemin facile,

Offroit contre la guerre un abri respecté.

La côte remontoit de ce même côté,

En laissant à l'ouest un port sûr et paisible.

Au fond, ouvert au Nord, une roche terrible

Présentoit sous sa voûte un abri ténébreux,

Et longue et sourcilleuse ouvroit ses joints terreux

Aux rejets d'un figuier, qui sur ce roc sauvage,

Etendoit ses longs bras et son large feuillage.

C'est là qu'Osmin gardoit ses filets, son radeau,

Et l'épervier rapide, et le pesant marteau. (2)

Le poisson et les fruits se vendoient à la ville ;

Fatmé les y portoit d'une démarche agile,

Et son fils la suivant à longs pas inégaux, (3)

De sa mère déjà partageoit les fardeaux.

Lors Osmin, pour charmer l'ennui de leur absence,

Aux travaux du jardin doubloit de diligence ;

v. 34.

Il arrivoient enfin, et Fatmé de retour,
Restoit à la chaumière et gardoit à son tour.

Mais un bonheur constant n'est guère l'apanage
Des enfants des humains; et comme on voit l'orage
Menacer et troubler les jours les plus sereins,
Ainsi de notre sort ordonnent les destins.
Osmin, pour exercer son fils à la vaillance,
A braver de la mer l'ordinaire inconstance,
Fortifier son corps, l'endurcir aux travaux,
Et garder son sang-froid à tous périls nouveaux,
Le prenoit chaque fois pour compagnon de course.
Des chagrins de Fatmé c'étoit souvent la source.

Un jour Osmin sortoit, il avoit son radeau,
Y rangeoit ses filets; Ali transportoit l'eau
Et les provisions de toute une journée.
« Je croyois, dit Fatmé, être assez fortunée
» Pour vous voir aujourd'hui l'un et l'autre avec moi.
» Le temps paroît peu sûr; je vois, non sans effroi
» L'horizon traversé par des bandes rougeâtres. »
« — Laisse-là tes soucis et tes propos folâtres,

v. 54.

» Bonne femme, entends-tu ? Moi, si je te croyais,

» Les poissons d'alentour vivroient long-temps en paix.»

« — Tu badines, Osmin ; rester serait plus sage ;

» Les vents s'élèveront, mon instinct le présage :

» Les bords de ton radeau ne sont pas un abri

» Qui rassure mon cœur sur un couple chéri. »

« — Nous différons Fatmé ; qui prendrons-nous pour juge ?

» Prenons Ali ; souvent l'enfance voit et juge,

» Sinon avec savoir du moins avec bonheur. »

Fatmé reprend : « Ali, je m'en fie à ton cœur ;

» Prononce, et prends pitié des soucis de ta mère. »

Mais l'enfant veut sortir et se joint à son père.

Osmin a manœuvré, son vaisseau de plat-bord

A dépassé le mole et se voit hors du port.

Il avoit quelque temps prolongé le rivage,

Et pensoit à fixer un terme à son voyage ;

Le vent fraîchit, Osmin n'ose trop s'y fier,

Pense à Fatmé, commence à la justifier ;

Il hésite à rentrer ; la mer devient houleuse ;

Une lame s'élève et passe impétueuse

Sur le radeau fragile. Elle enlève l'enfant.

v. 75.

Un Requin, qui déjà suivait le batiment, (4)

Aperçoit cette proie, et l'œil ardent s'élance

Aussi prompt que l'éclair, ouvre sa gueule immense,

Et dévore d'un trait le jeune infortuné.

Mais Osmin l'aperçoit et n'est point étonné. (5)

Aussi ferme que tendre, anssi prompt que tranquille,

Il ne s'arrête point à la plainte inutile;

Il quitte ses habits, tire son coutelas,

Le saisit de ses dents; de ses robustes bras

Fend les ondes; il sait que pour doubler sa joie,

Le monstre reviendra vers sa nouvelle proie;

Il sait que de sa queue il peut être brisé,

Ou tranché par ses dents, par sa masse écrasé;

Il le sait, mais il a son courage ordinaire,

Et le cœur d'un époux et la fureur d'un père;

Un œil prompt, la souplesse et la légèreté;

Un bras sûr, par l'espoir, la vengeance excité :

Il nage avec vigueur et le Requin s'avance;

L'un et l'autre ennemi déjà sont en présence;

Le monstre se retourne, ouvre le gouffre affreux

Dont il vient d'engloutir le petit malheureux;

Mais soudain Osmin plonge, et sa lame tranchante (6)

Sous l'ouïe, ouvre une plaie et profonde et sanglante.

Avant que le Requin surpris, déconcerté,

Se soit remis, Osmin passe à l'autre côté,

Et du terrible acier recommence l'office.

Il s'éloigne content de ce double prémice.

Il observe le monstre et suit ses mouvemens;

Le Requin remplit l'air de ses rugissemens,

Bat les flots de sa queue, et de cette eau sanglante

Fait voler jusqu'aux cieux l'écume jaillissante;

La terre retentit, et le peuple troublé

S'est déjà sur la rive en grand nombre assemblé.

Aveuglé par le sang dont la mer est rougie,

Le monstre hésite, Osmin de l'instant qu'il épie

Saisit le sort propice; il s'offre pour appât;

L'ennemi se présente à ce nouveau combat;

Il ouvre en se tournant sa gueule épouvantable,

Et de ses triples dents l'appareil formidable;

Mais aussitôt Osmin, semblable au Dieu des mers,

Quand du trident il dompte et les flots et les airs,

Hors de l'onde à mi-corps, et levant son épée, (7)

Dans le sang ennemi déjà deux fois trempée,

La plonge toute entière au ventre du Requin,

v. 119.

La traîne fortement de l'une et l'autre main,
Tranchant ce vaste corps d'une longue blessure, (8)
Et profonde, et semblable à l'immense ouverture
Qui dévora son fils; mais en prudent vainqueur
Avec le haut viscère il épargne le cœur.
Certain de sa vengeance, il reprend à la nage,
Et dans quelques élans regagne le rivage.
Il s'assied, inquiet et tourné vers la mer;
Il en attend le prix de ce qu'il a souffert;
La mer ne voudra pas ravir sa récompense :
Osmin compte les flots, et la voit qui s'avance.
Ces flots rougis de sang, sont l'indice certain
De l'éclatant succès remporté par Osmin.

Comme on voit un brouillard détaché des montagnes,
En conserver la forme et couvrir les campagnes,
On croirait voir le mont lui-même en mouvement;
Tel est le vaste flot qui porte dans son flanc
Le cadavre étendu du monstre épouvantable.
Il se brise et s'enfuit, et la masse effroyable
Reste immobile aux pieds du généreux Osmin.
Muet d'étonnement chacun reste incertain;

v. 140.

Mais bientôt dans les airs mille cris retentissent,

On court de toute part; mille mains le saisissent,

On le pousse, on le traîne en des lieux assez hauts

Pour ne plus redouter les insultes des eaux. (9)

C'est là que derechef la foule confondue,

En mesure des yeux, et l'immense étendue,

Et le vaste contour de son énorme flanc,

La blessure par où s'est enfui tout son sang,

Et sa dent formidable; ému d'impatience

Osmin, armé du fer, au cadavre s'avance :

« O Dieu qui des mortels règles tous les destins,

» Qui sur la terre, au Ciel, dispose des humains,

» Toi qui vois tout, tu sais que la dent meurtrière

» Ne toucha pas mon fils, que cette proie entière

» A passé d'un seul trait dans le monstre inhumain.

» Des hommes tout entïers ont subi ce destin, (10)

» Et sont sortis vivans de ces cavernes sombres;

» Mon fils n'a que passé dans ce séjour des ombres.

» Dieu puissant, aie pitié de la triste Fatmé,

» Du cœur brisé d'un père et d'un père allarmé.

» Si pourtant tu prescris un pareil sacrifice....

» O Dieu!... » Les yeux en pleurs, il remplit son office.

v. 162.

Dirigé par ses mains, le formidable acier
De l'horrible animal donne le tour entier,
Enlève l'enveloppe, et du cadave immonde
Montre des intestins la caverne profonde :
Il voit son fils « O Ciel !... mon fils !... il ne vit plus...
» Il demeure immobile à mes yeux éperdus...
» Fatmé ne vouloit pas. O penser qui me tue !
» Irai-je lui conter cette funeste issue ?...
» Méconnais-tu ton père ?... Ali !... mon cher Ali !.., »
L'enfant reste insensible, il est sourd à ce cri.
Mais Osmin, rappelant son sang-froid ordinaire,
Qu'un moment altéra l'émotion du père,
Du revers de sa main interroge le cœur.... (11)
« Il vit. C'est à présent que son père est vainqueur. »
Il l'enlève; un air frais, une eau nouvelle et pure
Dans l'enfant engourdi ranime la nature.
L'enfant baille, il soupire, il s'agite, il s'étend,
Et les yeux paternels suivent ce mouvement.
« Où suis-je? dit Ali; — Dans les bras de ton père,
» Viens vîte mon enfant, allons trouver ta mère. »
Les cris se renouvellent. « Ah! portons-les tous deux
» Réunissons trois cœurs si dignes d'être heureux. »

v. 184.

2

Ils ont dit, aussitôt et le fils et le père

Sont ainsi transportés dans leur humble chaumière.

Mille chants de triomphe y célèbrent Osmin,

Et la tendre Fatmé, et le petit bambin,

Objet de tant de joie et de peines si vives.

Le peuple satisfait abandonne ces rives.

Tous trois, ils rendent grace à l'éternel auteur,

Et des biens et des maux sage dispensateur,

Au Dieu qui rend la paix après l'avoir ravie,

Et reprennent le cours d'une innocente vie.

v. 194.

NOTES.

Page 9. (1)

Il ne voulut jamais lui donner de rivale.

Racine a dit :

> Je ne me verrai point préférer de rivale.
>
> *Phædre*, acte 3, scène 1.re

Page 10. (2)

Et l'*épervier* rapide et le pesant *marteau.*

Ce sont des filets. Le marteau espèce de *truble* qui exige un grand effort pour le tirer de l'eau.

Page 10. (3)

Et son fils la suivoit à longs pas inégaux.

> *Sequitur haud passibus œquis.*
>
> Virgile. Eneïde, livre 2 , vers 724.

Mais Virgile a voulu exprimer l'inégalité des pas d'Ascagne avec ceux d'Enée son père. J'ai prétendu peindre par de *longs pas inégaux* la marche d'un enfant qui fait au-delà de ses forces, ce qui produit l'inégalité de ses pas.

Page 12. (4)

Un Requin qui déjà suivoit le bâtiment.

C'est leur usage. Un de ceux dont il sera parlé plus bas, avoit suivi un vaisseau négrier, des côtes d'Afrique jusqu'à Saint-Pierre de la Martinique.

Page 13. (5)

Mais Osmin l'aperçoit et n'est point étonné.

« Le père ne perdit pas un instant, il se leva avec
» calme, plaça entre ses dents le coutelas qu'il portoit
» à la ceinture, et plongea au milieu des vagues. »
(L'Oriental Annuel.)

J'ai consulté deux combats contre des requins. Celui de l'Oriental Annuel, et celui qui est rapporté dans Buffon. Il y a quelques différences, mais la méthode d'attaque est la même, plonger sous l'ennemi et ressortir sur l'un de ses flancs.

Page 13. (6)

Mais soudain Osmin plonge, et sa lame tranchante.

« On le vit donc aborder fièrement le Requin et plonger
» par dessous, à l'instant que celui-ci voulant le trancher
» par le milieu du corps, venoit de se retourner pour le
» saisir. »

(Buffon, édition de Sonnini. Tome 79. Page 280. Note.)

Page 14. (7)

Hors de l'onde a mi - corps et levant son épée.

« On le vit plonger dans un instant critique sous son

» ennemi, reparoître de l'autre côté, s'élever à mi-corps
» hors de l'eau, et éventrer d'un seul coup de couteau
» l'animal monstrueux, dont il venoit de raser les ma-
» choires épouvantables et meurtrières. » *(Ibidem.)*

Page 15. (8)

Tranchant ce vaste corps d'une longue blessure.

« On voyoit que le couteau avoit été plongé dans son
» ventre, et ramené vers la queue avec une précision ad-
» mirable, de manière à lni faire une blessure immense,
» longue de près d'une aune. » *(L'Oriental Annuel.)*

Page 16. (9)

Pour ne plus redouter les insultes des eaux.

« Il était complètement privé de vie et fût aussitôt
» tiré par les Indous hors de la portée des lames. »

Page 16. (10)

Des hommes tout entiers ont subi ce destin.

« A Nice et à Marseille on a pris des Requins qui
» avoient dans leur estomach des hommes entiers et même
» un tout armé. » *Valmont de Bomare ; dictionnaire
d'histoire naturelle, article Requin.* « On en prit un
» du ventre duquel on tira un nègre qu'il venoit d'avaler,
» et qui vécut encore vingt-quatre heures. » *(Ibidem.
Article Tiburon, qui est une espèce de Requin.)*

« En 1783, on apporta à Spallanzani, lors de son pas-

» sage à Nice, les mâchoires d'un Requin dans l'estomac
» duquel on avoit trouvé un enfant tout entier.» *(Histoire
naturelle, édition citée. Tome* 67. *Page* 343. *Note.)*

Page 17. (11)

Du revers de sa main interroge le cœur.

Dans le fameux tableau qu'a fait le Poussin du tes-
tament d'Eudamidas, pendant que celui-ci dicte ses
dernières volontés à l'écrivain, le médecin s'assure de
l'état des forces du malade, en plaçant sur son cœur
le revers de la main. Osmin fait de même. C'est ce
tableau qui m'a suggéré l'idée de cette situation.

OBSERVATION. — *A la rigueur, j'aurois pu supprimer la plus
grande partie de ces notes qui peuvent paroître inutiles dans un
ouvrage d'invention; mais je n'ai pas voulu qu'on put me soupçonner d'avoir substitué à l'exactitude des faits, les rêveries de
mon imagination. Au contraire, j'ai voulu faire voir au lecteur
que j'attache quelque prix à la vérité historique. Il m'en saura
gré s'il partage mes sentimens à cet égard.*

F I N.

POÉSIES LÉGÈRES.

On a imprimé ces deux morceaux en regard pour qu'on
puisse juger du même objet, considéré par deux hommes

INSCRIPTION

DU CADRAN DU CHATEAU D'ANET,

PAR L'ABBÉ DE CHAULIEU.

≽•◉•≼

Phœbe ! nihil toto spectabis amenius orbe.

Hic utinam volucres sistere velis equos '

Tempora nec fluerent, nostri nec Philis amores,

Nec veniet tacito curva senecta pede.

TRADUCTION.

Sur quels lieux plus charmants porter les yeux du jour

Phœbus ? Que n'y veux-tu fixer ton char rapide ?

Nous ne verrions, Philis, fuir le temps ni l'amour,

Ni s'avancer sans bruit la vieillesse perfide.

v. 8.

de la même robe ; l'un épicurien et profane, l'autre sincèrement religieux.

INSCRIPTION

DU CADRAN DU CHATEAU DE VERLUS,

PAR LE RÉVÉREND PÈRE **MEDRANO**, DE LA COMPAGNIE DE JÉSUS.

Quid aspicis ? Fugit.

Et aspiciendo senescis.

Sic tu transibis et ipse.

Hæc et forte tua est.

Elles sont placées, une à chaque angle du cadran. On s'est attaché dans la traduction à donner un sens isolé à chaque vers du quatrain, pour qu'ils puissent s'employer de même.

TRADUCTION.

Ah ! que regardes-tu ? le temps fuit sans retour ;

En regardant, tu cours vers la sombre demeure ;

Tu passes avec l'ombre, elle amène ton jour ;

Cette heure que tu vois est peut-être ton heure.

v. 8.

L'ÉMIGRÉ.

>·◦·<

BOUTS RIMÉS.

>·◦·<

C'EST L'ÉMIGRÉ QUI PARLE.

———

D'ennemis renforcés quelle nouvelle — ligne !

Je ne pourrai rentrer ni revoir ma — maison ;

D'autres, de mes brebis recueillent la — toison ;

Ma mère me conçut sous un funeste — signe.

J'ensemençois mon champ, j'avois planté ma — vigne ;

Ce cruel souvenir est un mortel — poison ;

Pour nous seuls l'échafaud suit toujours la — prison ;

Mais malgré leurs fureurs, par une audace — insigne

Deux fois nous avons pris et Mastreicht et — Namur.

Inutile succès ! ah ! puisqu'il est trop — sûr

Qu'envain le juste droit s'unit à la — vaillance,

Puissé-je de mes maux voir le terme — fatal !

Du destin éprouver la dernière — puissance,

Et du fleuve des morts traverser le — canal.

v. 14.

CHOEUR AVEC CORIPHÉE.

DIVERTISSEMENT POUR LA RESTAURATION.

LE CORIPHÉE RÉCITE LES QUATRE PREMIERS VERS.

Peuples, le Roi revient et vous porte la paix ;
Sortez d'une longue contrainte,
Laissez percer vos sentiments secrets,
Votre amour, pour Louis, peut éclater sans crainte.

Riez, chantez, dansez, buvez tous,
Trinquez, redoublez vos coups :
A l'aurore d'un jour si doux,
Jour vraiment sans nuages',
S'il en est quelques-uns de sages,
Ces prétendus sages sont fous.
Riez, chantez, dansez, buvez tous,
Trinquez, redoublez vos coups.

v. 12.

LE CHOEUR.

Rions, chantons, dansons, buvons tous,

Trinquons, redoublons nos coups.

LE CORIPHÉE.

Vous parlez souvent de HENRI,

Vous n'avez pas vu son visage :

Venez, les traits de LOUIS

Sont sa vive image.

En lui la bonté

Tempère la majesté ;

Sa douce présence

Calme les soupirs,

Nous rend l'abondance

Et tous les plaisirs :

L'affreuse misère

Fuit devant ses pas,

Le Dieu des combats

Laisse respirer la terre.

LE CHOEUR.

Rions, chantons, dansons, buvons tous,

Trinquons, redoublons nos coups.

LE CORIPHÉE.

Le conscrit caché,

v. 31.

N'est plus arraché

Du sein de sa mère ;

Long-temps attendu,

Le fils éperdu

Est enfin rendu

Aux bras de son père.

LE CHOEUR.

Rions, chantons, dansons, buvons tous,

Trinquons, redoublons nos coups.

LE CORIPHÉE.

A sa voix puissante

Les mers vont s'ouvrir,

Nos ports se couvrir

De tous les trésors

Que le luxe enfante ;

Cérès renaissante,

Payant nos efforts,

Comble notre attente.

Riez, chantez, dansez, buvez tous,

Trinquez, redoublez vos coups,

A l'aurore d'un jour si doux,

Jour vraiment sans nuages,

v. 51.

S'il en est quelques-uns de sages,

Ces prétendus sages sont fous.

Riez, chantez, dansez, buvez tous,

Trinquez, redoublez vos coups.

LE CHOEUR.

Rions, chantons, dansons, buvons tous,

Trinquons, redoublons nos coups.

v. 57.

A ma Mère,

Si le Ciel exauçoit les vœux de la tendresse,
Si la vertu fixoit le nombre de vos jours,
Quatre-vingts ans seroient l'âge de la jeunesse
Et la vôtre aujourd'hui commenceroit son cours.

PRIÈRE

DE MADEMOISELLE LASSALLE (Élisa), DE CONCHEZ.

Fille tendre et soumise à ma sensible mère,
Au guerrier sage et bon que Dieu fit son époux,
Dieu puissant que mon cœur incessamment revère,
C'est surtout leur bonheur que j'implore de vous.

v. 8.

A Madame

DE POMPS, NÉE DE LUSIGNAN.

———◦◦◦———

Vers un bois de lauriers aux champs de l'Elysée,
L'ombre du Grand Henri se hâtoit de marcher.
De guerriers renommés une foule empressée,
Disputant à l'envi l'honneur de l'approcher,
A joindre ses côtés excitoient leur audace :
Cessez, leur dit Henri, de prétendre à ce rang,
Gassion près de moi tient la première place,
La seconde est vacante et j'attends Lusignan. (*)

v. 8.

(*) Feld-maréchal lieutenant au service de Sa Majesté l'empereur
d'Autriche, frère de M.me de Pomps.

SAINT-SÉBASTIEN.

≈●≈

A M.ᵐᵉ LA BARONNE D'ESPALUNGUE (CLAIRE.)

———◦◦———

DE fructidor la fatale énergie
Par un décret les vaincus exila ;
Abandonnés d'une ingrate Patrie ,
Un Ciel plus doux du moins nous consola.

Dans mon malheur je cherchai mon asile
Où le Cantabre aux Romains résista ;
Sa main robuste y bâtit une ville
Au pied d'un mont qui du nord la garda ;
Sur le sommet un château s'éleva,
Qui sur les Mers jusqu'au loin regarda ;

Plus en avant un fanal s'alluma ,
Aux Nautonniers marque fidèle et sûre.
Devers la droite, un bon port se creusa ;
Il s'arrondit des mains de la nature.
Devers le gauche, un fleuve s'y jeta ;
En serpentant il y verse une eau pure.
La même main à l'entour disposa
Un rang de Monts qui dix fois répéta
L'Echo frappé par le bruit du Tonnerre ,
Autant de fois il fait trembler la terre.
C'est dans ce lieu que mon choix me fixa.

De mon esprit polissant la culture ,
Plus d'un ouvrage entre mes mains passa :
François , Latin , d'italique facture ,
Le Castillan aussi peu s'oublia.

En tant d'auteurs peintres de la nature
Cherchons l'objet que mon cœur se traça.
Cette bonté si facile et si pure
Qu'aucun talent jamais ne balança ,
Ce cœur aimant qui toujours pardonna ,

v. 31.

Ou qui plutôt jamais ne s'offensa,

La grâce aisée, un modeste sourire.

« Et la pudeur, le premier des appas (*),

» Et l'art de plaire et de n'y penser pas ;

» Et le secret de causer sans médire,

» Et le talent d'obliger sans le dire,

Et de trouver au rebours d'aujourd'hui

Tout son bonheur dans le bonheur d'autrui.

Pauvre innocent, n'étois-tu donc pas ivre

Quand à ce point ton esprit s'égara ;

Tu poursuivois tous ces biens dans un livre,

Ils étoient tous avec dona Clara.

v. 42.

(*) Citation, vers de M. de BAURE.

LA SUITE DE L'ILIADE.

A Mademoiselle D'ESPALUNGUE (Hélène).

On conçoit bien, quand on connoît Hélène,
Qu'embrasant tout du feu de ses appas,
Elle ait armé plus de cent mille bras
Pour la reprendre ou mourir à la peine.
Le bon Homère a déduit tout le cas;
Assez au long est tracé ce fracas;
Plus n'est besoin de poétique veine
Que pour conter ce qu'il ne nous dit pas,
On veut savoir ce que devient Hélène.

Après avoir passé la soixantaine,
Forçant les cœurs à mettre Drapeau bas,

Elle renonce, enfin, à ce tracas,

Et défiant la caduque vieillesse,

Par le bon sens, le piquant, la justesse,

Sur les esprits elle règne au salon,

Et fait encore admirer sa jeunesse

En traits heureux relevés du bon ton.

Au pied d'un Mont elle prit sa retraite,

Ne dédaigna serpette ni rateaux ;

Sa propre main fit la guerre à l'herbette,

Élégamment tailla les arbrisseaux.

Si que le temps la portant sur son aîle,

Et de Nestor surpassant les Destins,

Les fleurs toujours germèrent dans ses mains

Et ses amis furent heureux par elle.

v. 25.

LES MÉTAMORPHOSES.

A MADEMOISELLE D'**ESPALUNGUE** (POULETTE.)

Toujours Jupin n'embouche sa trompette,
Toujours n'est pas sourcilleux comme un roc,
Des élémens déchaînant la tempête
Et renversant, brisant tout de leur choc :
Le pélerin court aussi la fillette ;
Se fait Taureau, mais laissant là le soc,
Prend sur son dos Europe gentillette,
La met en mue et la pend à son croc.
En Pluie, en Cigne il retourne en goguette ;
Et Danaé, puis Léda, lui sont hoc.
Mais s'il eût vu si gentille Poulette
Tout eût quitté pour se changer en Coq.

V. 10.

LA VIOLETTE.

A MADEMOISELLE DE HITON (PAULINE.)

Loin des débris traînés par les torrens,
Des rocs altiers, suspendus, menaçans,
Et du fracas des ondes écumantes,
Et des échos des rives mugissantes,
Et des ravins d'affreuse profondeur,
L'œil la mesure et frémit de terreur.
Loin du chaos, ce deuil de la nature,
Est un revers surmonté de verdure ;
Le haut sapin en exclut les autans,
L'aure légère en écarte l'orage,
Le Soleil joue à travers le feuillage,
Dans ce recoin s'est sauvé le printemps :
Du creux d'un roc que le pampre couronne,

v. 13.

2

Une eau limpide et jaillit et bouillonne,
Tombe en cascade et disparoît soudain
Sous un gazon que l'épine environne;
Elle entretient la fraîcheur du matin.

Passe un enfant, qu'il n'est besoin qu'on nomme,
Rusé chasseur et maître de tout homme,
Tendre et cruel, et naïf et malin,
Carquois au dos et son arc à la main.
Du bout de l'arc il écarte l'herbette,
L'air aussitôt se trouve parfumé
Et l'odorat comme l'œil est charmé;
On voit surgir l'aimable violette,
Douce, modeste, inspirant le secret;
Le cœur s'émeut et reste satisfait.
L'enfant sourit. « Gare de qui se cache;
» Plus est secrète et plus forte est l'attache.
» Non loin du Gave, en un lieu de renom,
» Est ton image aussi pure, aussi fine,
» Pareils attraits avec différent nom;
» Qui te connoît aisément la devine,
» Et dès l'abord reconnoîtra Pauline. »

v. 34.

La Confession

≖●≖

A MONSIEUR L'ABBÉ D'ESPALUNGUE.

⇆⊞⇄

Je traitois un ami, c'étoit sous une treille,
Je lui donnois un modeste repas :
Gaillardement je vidai ma Bouteille,
Et franchement elle ne suffit pas.
— C'est un peu trop ; peut-être le compère
En souffrit-il et la paix s'altéra.
— Oh ! mon Dieu, non ; au contraire, mon père,
Et plus ami chacun se sépara.
— Allons, allons, passons, laissons cela.

Un certain jour, je m'étois mis en quête.
C'étoit le soir, je vis une fillette
Au coin d'un Bois où bientôt elle entra.

Je la suivis..... de très-près..... la pauvrette.....

— Eh! bien, voyons, que s'ensuit-il de là?

— Eh! mais, mon Père, en pareille occurrence

Se taire, c'est parler. — J'entends. Sa complaisance....

— Oh! mon Père, parfois un peu de violence

Sert d'excuse, et, d'ailleurs, on ne se plaignit pas.

— Ah! ah! véniel; allons, voyons quelqu'autre cas

Un Aigrefin du siècle de lumière

Portoit panache, une longue rapière

Battoit sa jambe et racloit le pavé.

De temps en temps il hurloit une strophe

De certain air..... Soudain mon apostrophe

Comme l'éclair lui tombe sur le nez;

Je travaillois seulement pour mémoire;

Il laissa quatre dents sur le champ de la gloire

    Et se sauva.

— Il se sauva! je ne saurois le croire,

Tous ses pareils! Ah! que n'étoient-ils là!

Et de Samson la divine machoire

Que n'étoit-elle au bout de votre Bras!

C'est là tout.— Oui, mon Père.— Allez, ne péchez pas.

v. 32.

LA DÉLIBÉRATION

DU PÈRE DE FAMILLE.

Quel souci d'avoir de l'argent
Et d'être père d'une fille!
Ils sont amoureux de ma fille,
Endiablés après mon argent.
Est-ce raison? Vouloir l'argent
Et convoiter aussi la fille?
Que ne demandent-ils ma fille
Sans me demander mon argent?
Ou que ne prennent-ils l'argent
En me laissant du moins la fille?
Mais chut, ne mettons pas la fille
En concurrence avec l'argent.
S'imaginent-ils que l'argent
Soit balancé par une fille?
Messieurs, Messieurs, prenez ma fille;
Mais vous n'aurez pas mon argent.

v. 16.

LE
MÉDECIN TERRORISTE.

Rouge de sang, écumant de fureur,

Un Jacobin, à l'heure infortunée

De Thermidor, rappeloit la terreur :

« Hola ! l'ami ! grace de la saignée,

» Laisse ma tête et vas cuver ton vin. »

Lors le brigand : « Tremble chien d'infidèle,

» Je sais, je sais un secret plus certain

» D'exterminer toute race rebelle

» Que l'instrument qu'inventa Guillotin.

» Apprends, maraud, que je suis médecin. »

— « Oui, mon ami, mais il faut qu'on t'appelle. »

LE CHAMEAU ET LA PUCE.

FABLE IMITÉE DU CASTILLAN DE DON FÉLIX SAMANIÉGO.

De la leçon qui suit ressouvenez-vous bien,
Gens tout bouffis d'orgueil qui pourtant n'êtes rien;
Vous allez, le gros dos et la démarche aisée;
De l'Etat, suivant vous, vous êtes le soutien,
Et suivant tout le monde un sujet de risée.

Un pauvre chameau voyageoit,
Il n'alloit pas tout nud, comme on peut bien le croire,
On le chargeoit et surchargeoit;
Et d'abord il portoit, à ce que dit l'histoire,

v. 9.

Grand et petit ballot, gros et menu paquet;

De plus, son Maître et sa Maîtresse,

Et le Chat et le Perroquet,

Le Chien qu'on pouvoit mettre en laisse,

Et les Enfans, et Dame Puce aussi.

Nul du pauvre Chameau ne montroit de souci,

Il alloit tomber de détresse

N'en pouvant plus, il se plaignit.

La Puce aussitôt descendit

et dit :

Nous allons regagner bientôt nôtre demeure

Pauvre Chameau, j'en réponds sur ma foi;

Du poids qui t'accabloit, je te délivre moi,

Et tu peux à présent galopper ou je meure.

Le Chameau reprit à l'instant ,

Grand-merci, seigneur Eléphant.

v. 25.

M. DE D.****,

A M. DE BAURE.

Diffugere nives.
HORACE.

La neige a disparu. La naissante verdure
Vient, d'un tapis riant, égayer nos guérets.
Le fleuve, entre ses bords, roule une onde plus pure;
Un feuillage touffu couronne nos forêts.

Sous des habits légers, les graces moins timides
Osent déjà mêler leurs danses à leurs chants.
Et t'annonçant ta fin, les heures trop rapides
Entraînent dans leur cours et les jours et les ans.

L'Hiver fuit des zéphirs l'haleine tempérée ;
Bientôt l'ardent Eté termine le Printemps :

v. 10

L'Eté meurt, et déjà règne le fier Borée
Quand à peine l'Automne a donné ses présents.

Que de héros fameux ne sont plus que poussière !
Turenne, Bossuet, Catinat, Daguesseau.
Tu vas passer comme eux, mais la nature entière
Suivant l'ordre des mois commence un cours nouveau.

Dieu, sur qui seul tu dois appuyer ta foiblesse,
Voudra-t-il prolonger tes jours jusqu'à demain ?
Ton cœur garde un trésor qu'amassa la sagesse,
Nul héritier avide n'y portera la main.

L'éclat de tes talents, ton nom, ton éloquence,
Ne sauroit de la Parque arrêter le ciseau ;
Et ta piété même et ta rare science
Ne pourront t'arracher à la nuit du tombeau.

Malsherbes a fermé les yeux à la lumière,
Par l'implacable faulx tu l'as vu moissonné ;
Lalanne, en son printemps, a fini sa carrière
Et la mort pour toujours le retient enchaîné.

v. 28.

M. DE BAURE,

A M. DE DISSE.

∋●€

Septimi Gades aditure.
HORACE.

∋●€

SEPTIME, s'il le faut, je suis prêt à te suivre
Aux lieux où le Cantabre a dédaigné nos fers :
Ton ami, près de toi, consentiroit à vivre
　　Au fond de l'Univers.

Tibur, à mes vieux ans, semble offrir un asile :
Là vécurent heureux les fugitifs d'Argos.
Puissé-je aussi, fuyant la discorde civile,
　　Y trouver le repos.

　　　　　　v. 8.

Mais si des factions l'Hydre atroce et sanglante
De ses noirs attentats recommence le cours,
Aux bords du Galésus, sous les murs de Phalante,
　　　J'irai finir mes jours.

Comme il rit à mes yeux cet heureux coin de terre !
Le Falerne n'a rien qu'Aulon doive envier ;
L'hymmette a moins de miel et Pallas tutélaire,
　　　Y plaça l'Olivier.

Le Maître des saisons, de sa main paternelle,
Y joint de longs printemps à de tièdes Hivers :
Ami, viens avec moi, ce beau climat t'appelle,
　　　Avide de tes vers.

Là, de tes entretiens, je goûterai les charmes,
Et lorsque je serai sans réveil endormi,
On te verra fidèle arroser de tes larmes
　　　Les cendres d'un ami.

v. 24.